U0024626

官商鬥法
之2
第一桶金
姜遠方 著

目錄 CONTENTS

第一章

還鄉之旅

鄭老沒有理會傅華，目光轉向了老太太，說：「要不我們回去走走？」
老太太說：「那片土地不但養育了我們，而且也給了我們很多美好和痛苦的記憶，現在趁著我們還能走得動，就回去看看吧。」

實際上在收這個信的時候，傅華就留意到了這是延安發往東海的信件，那時他就想到鄭老了。因爲他瞭解鄭老的歷史，那個時期鄭老已經是東海根據地的高級將領，傅華認爲鄭老肯定認識寫信的徐明或者那個收信的華，即使他不認識，也會因此喚起對那段戰火紛飛歲月的回憶。

這封信可能並不是一份貴重的禮物，可是能夠作爲一個很好的拉近跟鄭老關係的敲門磚。

鄭老並沒有十分當回事地把信接了過去，一邊把信放到遠處打量，一邊笑著說：「我現在身體什麼都好，就是眼睛花了，看東西……」

鄭老說著說著突然停了下來，轉身衝著裏屋叫道：「老婆子，快點，把我的老花眼鏡拿過來。」

裏屋一個七十多歲的老太太走了出來，說道：「老鄭啊，你一驚一乍地幹什麼？」看樣子這老太太是鄭老的夫人，孫永等三人站了起來，笑著問候道：「阿姨好。」

老太太很有風度地揮了揮手：「不用這麼客氣了，你們坐吧。」

一旁的鄭老著急地說：「快把老花眼鏡給我。」

老太太把眼鏡遞給鄭老，嘟囔著：「到底看到什麼了，這麼急？」

鄭老戴上眼鏡，看了看信封，手就開始顫抖，拿出信紙來看了看：「是了，是了。

老婆子，你看看這封信。」

說話間，傅華注意到鄭老的眼睛濕潤了。

老太太也戴起了老花眼鏡，看了看信，轉頭看了看鄭老，說：「這是當年你寫給華姐的？」

鄭老聲音有些哽咽地說道：「是啊，章華犧牲都五十多年了，我竟然還能再看到這封信。」

老太太看了看孫永他們，問道：「你們是怎麼得到這封信的？」

孫永看了看傅華，傅華趕緊說道：「是這樣，前些日子我逛潘家園，看到這封信跟我們東海省有關，孫書記也經常對我們海川市的幹部進行教育，就覺得這是一份紀念文物，就收購了下來。」

鄭老看了看孫永，說：「小孫不錯，現在的同志很少注重傳統教育了。」

看鄭老誇獎自己，孫永高興地笑了，說道：「沒有鄭老你們這樣的前輩奮起革命，哪有我們美好的今天啊，我們是不能忘記這個傳統的。」

鄭老又看看傅華，問道：「小傅啊，你能跟我講講你收購這封信的具體情形嗎？」

傅華根本沒想到鄭老會對這封信有這麼大的反應，愣了一下說：

「是這樣，鄭老，當時我陪一個朋友在鬼市上逛，他看上一個紫金黑釉的瓶子，我對瓷器沒興趣，正好看到這個攤子上一個信封。一開始，我是注意到信封上的邊區郵，後來又看了信的內容，深深地被信中的浪漫主義情懷所打動，當即買了下來。」

鄭老笑了：「什麼浪漫主義情懷，一份情書而已。那個攤主長什麼樣子啊？」

傅華回憶了一下，說：「就是一個三十多歲的男子，長相很普通，我當時並沒有十分注意。」

鄭老說：「看來沒線索可以追查下去了。」

傅華看著鄭老問道：「我注意到信的落款寫的是徐明，沒想到這個徐明竟然是鄭老您。」

鄭老說：「徐明是我的化名，那個時期，很多同志怕牽連家人，都是用了化名。當時我被根據地派到延安學習，章華留在根據地繼續戰鬥。這封信寄出去之後不久，章華就在一次戰鬥中犧牲了，這封信也就流失了。原本我和章華是準備我學習完返回根據地就結婚的。這是我一輩子的遺憾吶，我沒照顧好章華。」

老太太說：「你別這麼說，老鄭，是我不好，當時華姐是替我擋了一顆子彈才犧牲的。」

原來，當時老太太跟章華是戰友，章華看到一顆子彈射向老太太，一把把她推開，自己卻不幸中彈身亡。後來老太太因爲感激，就代替章華照顧鄭老的生活，一來二去，倆人就產生了感情，最終走到了一起。

鄭老看著老太太說：「這封信今天突然出現在我面前，是不是章華想要跟我說些什麼？」

老太太說：「華姐是不是在埋怨我們這麼多年都沒去看她啊？」

鄭老說：「我們多少年沒回去了？」

老太太說：「也有快四十年了吧，華姐的墳也不知道怎麼樣了。」

鄭老說：「是啊，我們把她孤零零地留在海川，她一定是在埋怨我們了。」

老太太瞪了鄭老一眼：「還不是因爲你。」

鄭老說：「我怎麼了？」

老太太說：「不是因爲你說回去總有一大堆人跟著，太麻煩，我早就回去看華姐了。」

孫永這時笑著說：「我也覺得鄭老這麼多年不回去看看不應該啊，地方上的同志都很想你啊。再說，現在的出行很方便，坐飛機不用多少時間就到了。」

鄭老笑了笑：「跟我同一時期的老同志應該去世的差不多了吧，誰還會想我啊？」

傅華說：「老兵永不死，只是凋零，他們戰鬥的精神會流傳下來。鄭老，難道你從來都沒有夢到過那些戰火紛飛的歲月嗎?沒有夢見過那些同生共死的同志們嗎？」

「麥克阿瑟雖然打仗不怎樣，可他這篇演講說出了老兵的精神。」說著，鄭老眼睛模糊了，他看著空中念道：「自從我在西點的草坪上宣讀誓言以來，這個世界已經歷了多次轉變，童年的希望和夢想早已消失得無影無蹤。但我依然記得當年那首流行的軍歌中驕傲的疊句，老兵永不死，只是凋零。」

傅華笑了笑說：「看來鄭老對麥帥這個演講很熟悉，我有點兒班門弄斧了。」

鄭老沒有理會傅華，目光轉向了老太太，說：「要不我們回去走走？」

老太太說：「那片土地不但養育了我們，而且也給了我們很多美好和痛苦的記憶，現在趁著我們還能走得動，就回去看看吧。」

孫永沒想到鄭老竟然答應去海川，這對他來講是一個很大意外之喜。本來他最近被曲煒壓了一頭，心情很沮喪，來鄭老府上，不過是禮貌性的拜訪。

他知道鄭老這個人很正派，不是很好打交道。他只是希望有這麼一個拜訪的過程，到時候好在省委書記程遠面前彙報，自己來看望了鄭老了。如果機會合適，再能得到鄭老的一兩句稱讚，那就更好了。

沒想到被傅華一封信竟然說動了鄭老，這可是一個很好的討好省委書記程遠的機會。孫永已經在政壇上打拼多年了，是政壇老手，自然不會放過這樣好的機會。

孫永高興地站了起來，說：「太好了，我明天就回海川，安排接待鄭老您。」

鄭老眼睛瞪了起來：「幹什麼，幹什麼？小孫，你如果弄得興師動眾的，那我們倆就不回去了。」

老太太也說：「是啊，小孫，我和老鄭現在都已經退休，是平頭百姓，不好再驚動地方了。」

孫永說：「那您二位打算怎麼做？」

鄭老說：「我們老兩口就是回去看看，給章華掃掃墓，如果有還健在的老戰友就見見，其他就沒必要了。」

孫永爲難地說：「那樣程書記知道了，會怪我的。」

鄭老說：「程遠那裏我知道是瞞不過去的，你可以跟他說一聲，讓他私下跟我見個面就好了。」

孫永見鄭老態度很堅定，他怕再反對，鄭老會不去海川了，就笑笑說：「那一切全聽鄭老您安排。那鄭老什麼時間可以啓程？」

鄭老笑了笑：「這真要回去，我心裏還有些膽怯，一晃這麼多年，海川也不知道是個什麼樣子了。」

孫永笑著說：「海川現在變化很大，改革開放這麼多年，海川經濟有了很大的發展……」

老太太笑著打斷了孫永，說：「都這麼多年了，有變化是自然的，不過，我們主要是回去給華姐掃墓，那些就沒必要知道了。我跟老鄭兩個要安排一下行程，也要跟家人商量一下，可能要過幾天才能動身。」

孫永說：「這倒也是，要不這樣吧，我先回海川，您二老如果安排妥當了，就讓傅華陪同一起回海川吧。」

鄭老對傅華印象還不錯，點了點頭說：「叫小傅給我們領領路也好。」

孫永對傅華說：「小傅，我就把路上照顧二老的任務交給你了。」

傅華笑笑說：「孫書記您放心，保證完成任務。」

孫永覺得應該告辭了，就笑笑說：「那我就在海川恭候二老了。今天就不打攪了，我們回去了。」

鄭老拿起了那封信遞給傅華說：「這是你的，你收好。」

傅華笑了：「鄭老，這是您當年的親筆信，應該屬於您的。」

鄭老說：「不是那麼回事，這是你從別人手裏收購來的，所有權已經歸你了。」

傅華知道這個鄭老一向是狷介成性，就笑笑說：「鄭老，我覺得這封信對您的紀念意義更大，要不您看這樣，我是一百塊錢收來的，就一百塊錢轉給您如何？」

老。」

孫永瞪了傅華一眼，說：「小傅，這一百塊錢你還跟鄭老計較，你應該送給鄭老。」

鄭老笑了：「別，我倒覺得小傅這個辦法不錯。老婆子，去取一百塊錢給小傅。」

孫永還要推辭，老太太笑著說：「小孫哪，你就按老鄭說的辦吧，他這人向來一介不取的。你不讓小傅拿這一百塊錢，他也不會留下這封信的。」

孫永這才不言語了，老太太去取了一百塊錢交給了傅華，傅華也沒客套，收了下來。

傅華留下了自己的名片，要鄭老安排好行程之後跟自己聯繫。三人就此告辭，鄭老和老太太親自將三人送到了門口。對於傅華帶來的土產，鄭老也罕見地留了兩樣，這在孫永看來，是給了他很大的面子了。

上了車之後，孫永拍了拍傅華的肩膀，讚賞地說：「小傅啊，你果然是個人才。原本融宏集團的事情，我還以為你是瞎貓碰到了死耗子，今天鄭老這裏，你可是真讓我開了眼界了。今天這件事情幹得漂亮。」

馮舜也笑著說：「傅主任，我可是真佩服你，你怎麼知道那個徐明就是鄭老？真是神了。」

馮舜以為今天在鄭老這裏的驚喜，完全是傅華導演的一場戲。

傅華笑了笑沒說話，心想：神什麼，我本來就不知道嘛，碰巧了而已。

孫永也笑著說：「小傅啊，別弄得那麼神秘，說說，這一點我也很好奇。」

傅華笑笑說：「孫書記別笑話我了，我神秘什麼，說穿了很簡單，我只是曾經看過一個文史資料，上面說鄭老在解放前用過徐明這個化名。但我並不敢確定信上的徐明就是鄭老，如果真有一個人叫徐明的呢?所以事先也沒敢跟您和馮秘說這件事情。這倒不是我有意瞞二位，我是怕弄錯了反而尷尬。」

實際上，傅華從來都沒看到過什麼鄭老用過徐明這樣化名的資料，他沒有實話實說，一是給自己在孫永面前樹立一個對工作負責的形象，二來，也是因爲他無法在孫永面前承認，他其實是實在沒了招數去討好鄭老，才把那封信拿出來的，如果承認了這一點，他今天的行爲真成了瞎貓碰上死耗子了。

孫永笑了：「小傅，你不但工作做得很扎實，想得還很周密。你在北京這裏，不要坐等鄭老通知你他什麼時間去海川，你要主動上門去看看，不但落實行程，還要看看鄭老有什麼需要辦事處配合的。」

傅華點了點頭說：「孫書記放心，我會把這項工作當做目前最重要的工作去辦。」

孫永說：「有一點你要注意，不要去催促鄭老，我回海川需要做一些重要的佈置，尤其是還需要找到章華同志的墓，不然的話，這次鄭老回海川會很不高興的。再是鄭老這次回去的保全和醫療問題都需要做些安排，雖然鄭老交代不要驚動地方，可真要出了什麼問題，我可擔不起這個責任。」

當晚，傅華將鄭老要回海川的事情趕緊向曲煒作了彙報，曲煒聽完，沉吟了半晌才說：「傅華啊，你這個駐京辦主任也太稱職了。」

傅華聽出了曲煒話中似有不滿，趕忙解釋說：「我也沒想到一封信能起這麼大的作用。」

傅華並沒有跟曲煒講他事先並不知道信的主人就是鄭老，這其實只是一個巧合，他怕曲煒聽到孫永對這件事情的說法之後，會更加誤會他。

曲煒說：「算了，既然已經這樣了，你就把後續工作做好吧。」

傅華鬆了一口氣，他此時已經意識到自己當初選擇駐京辦主任這個位置是有點盲目了。這個位置看似輕鬆，實際上，工作內容錯綜複雜，尤其是夾在市委書記和市長這一二把手之間，要想左右逢源，還真是要謹慎從事。

第二天傅華送走孫永後，馬上召集了辦事處的工作人員開會。

在會議上，傅華講述了鄭老要回海川看看的事情，佈置駐京辦的工作人員這段時間要把這件事情當做工作重點，對鄭老方面提出的要求一定要全力解決。

市委書記孫永同志十分重視這一次鄭老回海川的接待工作，還可能會驚動省委，要求辦事處的每一個人都充分重視起來，不能出任何一個紕漏。如果誰出了紕漏，誰自己跟孫書記去解釋。

林東表情複雜地看著佈置工作的傅華，這一次傅華能夠說動鄭老去海川，他的駐京辦主任的位置坐得更穩了，自己想要撼動他更是難上加難了。

會議結束後，傅華坐在辦公室，思考著如何安排妥當這一次鄭老的海川之行。門被敲響了，傅華說了一聲請進，劉芳領著一個女人走了進來，說：「傅主任，這位女士說找你。」

傅華站了起來，看了看找上門來的女人，女人一米六多的個頭兒，瓜子臉，大眼睛，剪了一頭齊耳短髮，穿一套中規中矩的米色套裝。氣質優雅，態度從容，略顯幾分成熟，看上去應該有二十七八歲到三十歲之間的樣子。

傅華並不認識這個女人，笑著問：「請問你是？」

女人並沒有回答，自顧地環視了一下傅華的辦公室，笑笑說：「這就是你的辦公室，也沒什麼特別的。」

傅華笑了，他感覺來人並不友善，就坐了下來，對用懷疑的眼光看著自己的劉芳說：「劉姐你先忙吧。」

劉芳出去了，傅華打量著女人，腦子飛快轉動著，回想自己有沒有見過這個女人。想來想去，還是沒有見過的印象，可是這個女人表現出來的情形似乎對他並不陌生。

傅華看著還在四處打量的女人，笑笑說：「我一個小辦事處主任的辦公室，值得你這麼看嗎？」

女人說：「確實沒什麼值得看的。」

傅華說：「那你可以告訴我你來找我有什麼事情嗎？」

女人坐到了傅華對面，眼睛灼灼地上下打量著傅華，說：「連聲請坐都沒有，一杯茶水也不給倒，這是你們辦事處的待客之道嗎？」

女人的眼神和語氣都帶著盛氣凌人的味道，讓傅華心裏有一種受到壓迫的感覺，很不舒服，就冷笑了一聲，說：「禮貌是給有禮貌的客人的。你一進門，我就請問了你是誰，你不但不理我，還像個賊一樣地四下窺視，是不是沒找到值錢的東西很失望啊？」

女人沒想到傅華並沒有被她的氣勢壓住，反而譏諷她像個賊，愣了一下，說：「你竟然敢說我是賊？」

傅華笑笑，不客氣地說：「不速之客，問而不答，我不知道你來此究竟有什麼目的。你如果沒什麼事情就請離開，我還有事要忙。」

這一次女人卻並沒有被激怒，反而笑了起來，說：「我知道你們辦事處在忙什麼，你們在忙著準備我爺爺去海川的接待工作是吧？」

傅華愣住了：「你爺爺，鄭老是你爺爺？」

女人笑得越發大聲：「對啊，如假包換。」

傅華有些尷尬了起來：「不好意思，我不知道你是鄭老的孫女。」說著，傅華就要站起來給女人倒茶。

女人冷笑了一聲，說：「你不用前倨後恭了，你也不用忙了，我只是來通知你一聲，我爺爺不回海川了。」

這下傅華呆住了，孫永已經很高興地回去準備接待鄭老了，鄭老這邊卻說不去了，這自己怎麼跟孫永交代？

傅華疑惑地看著這個女人，問道：「不是都說好了嗎？怎麼又不去了？爲什麼啊？」

女人看傅華著急，笑得越發恣肆：「呵呵，沒爲什麼，不想去就不去了。」

傅華眼前浮現出了鄭老兩口當時說到要回去那種激動的樣子，心想鄭老應該不會反悔的，又看到女人狡黠的笑容，一下子明白了。不是鄭老不想回去，是眼前這個女人想攔著鄭老不讓他回去。

傅華笑了，說：「差一點上了你的當。」

局面瞬間扭轉，女人愣了一下：「你以爲我在騙你？我真的是鄭老的孫女。」

傅華心中有數了，好整以暇地看著女人：「這我不否認。」

女人說：「那你憑什麼不相信我爺爺不回去了？」

傅華笑了：「就憑你自己過來告訴我這個消息。」

女人困惑地看著傅華：「我專門來告訴你這個消息還錯了？」

傅華冷笑了一聲：「鄭老如果自己真的決定不去了，他一個電話就通知我了。又怎麼會派你來呢？您是什麼身分啊？鄭老的孫女，眼睛都長在了頭頂上了，又怎麼會大駕光臨我們這小小的辦事處呢？您之所以來了，是因爲鄭老並沒有反悔說不去，你是想用鄭老孫女的身分逼我們相信鄭老不去了，從而讓我們不再去打攪鄭老。」

女人說：「你不用冷嘲熱諷的，你猜錯了，確實是我爺爺派我來的，他老人家覺得派我來比較正式些，對你們也尊重。」

傅華看了看故作鎮靜的女人，心裏冷笑了一下：「你這點小伎倆還想來騙住我，真是小瞧我了。」

傅華笑著說：「是真是假很好驗證，我馬上就可以打電話問問鄭老。」說著伸手抓起電話就要撥號。

女人見把戲被拆穿，急了，也不再掩飾了，一把按住了電話的卡簧：「你真是有夠聰明。不過，你們這些人怎麼這麼卑鄙啊，爲了你們的升遷，真是無所不用其極。你也不想想，一個快九十歲的老人經得起這樣的奔波嗎？我爺爺如果出了什麼意外怎麼辦？難道仕途對你們就這麼重要嗎？」

傅華被說得有些不好意思了，他撓了撓腦袋：「鄭小姐，你聽我說，最初我們去見鄭老的時候，並沒有起意要邀請他去海川，只是後來看到鄭老確實很想念海川才發出邀請。你爺爺的性格你應該比我們清楚，他如果不想去，我們就是說得再好聽，他也是不會去的。再說，我們海川市委對鄭老這次回去十分重視，安全和醫療方面肯定會做十二分萬全的準備，你真的不必擔心鄭老的身體問題。」

女人說：「我爺爺都是被你那封信勾引的，跟我奶奶一起看著信回憶往事，哭一陣，笑一陣的，簡直都有點著魔了。我就是怕他們回去舊地重遊經不起這種刺激，情緒波動太大，對身體不好。」

傅華說：「我這次會陪著鄭老一起回去，你放心，我一定會精心照顧你爺爺奶奶的身體的。我可以立下軍令狀，出了問題唯我是問。」

女人輕蔑地說：「你算什麼，我爺爺如果出了問題，就是賠上一萬個，你也沒辦法挽回。」

傅華看了女人一眼，心想我這麼說是尊重你爺爺，你有什麼資格來蔑視我？便冷笑了一聲：「我沒鄭老這樣好的爺爺，所以也不算什麼。既然這樣，抱歉我幫不了你什麼，請回吧。」

女人瞪了傅華一眼：「你敢趕我走？」

傅華本來想說這是老子的地盤，就趕你走又如何？想了想，這個女人總還是鄭老的孫女，就是看在鄭老的面子上也不好太無禮，便說道：

「鄭小姐既然出生在鄭老這樣的家庭，對官場也應該有所瞭解。那你就應該知道我這個駐京辦主任只是一個辦事的角色，不能改變什麼的。你如果確實不想讓鄭老去海川，你讓鄭老跟我們市委書記說一聲吧。」

女人叫道：「我要是能勸動我爺爺，還用跟你費這麼多話？」

傅華說：「那就沒辦法了，其實讓老人家出來走動一下，未必不是一件好事，你又何必緊張呢？」

女人叫道：「你說得輕巧，反正又不是你爺爺，你當然不緊張了。」說完，站起來，也沒跟傅華說聲再見，摔門而去了。

傅華苦笑了一下，這個女人真是的。不過被她這麼一搞，傅華心裏也緊張了起來，看來這一次陪鄭老回海川，自己要打起十二分的精神來，不可有一點閃失。

幾天之後，傅華登門拜訪鄭老，詢問鄭老的行程安排。進屋一看，那天找到駐京辦的女人也在座。

女人看到傅華，用眼睛狠狠瞪了他一眼，傅華暗自好笑，眼神躲開了，不去招惹她。

鄭老看到傅華：「小傅來了。」

傅華笑著說：「我來看一下，鄭老您定下出發的時間沒有。」

鄭老說：「正想給你打電話呢，定下了，我們決定三天後動身。」

傅華說：「那我馬上去訂機票。」

鄭老說：「我和老婆子商量了一下，我們不坐飛機，我有很多年沒出京了，想坐坐火車看看沿途的風景。火車票你不用管，小莉已經訂好了，也給你訂了一張。」

傅華說：「這怎麼好意思，這個車票錢應該我們來付。」

女人在一旁冷笑了一聲：「我爺爺才不占你們的小便宜呢。」

鄭老笑著說：「小傅啊，你應該知道我的個性，我自己回去，不會讓海川幫我出旅費的。你是陪我回去做嚮導的，你的旅費也由我來承擔。對了，我還沒給你介紹，這是我孫女鄭莉，是我家老三的女兒，她不放心我去海川，這次也要跟著我去海川。怎麼樣，歡迎她嗎？」

傅華笑著說：「鄭老您的孫女要跟您去海川，那是我們的榮幸，我們怎麼會不歡迎呢。」

鄭莉冷冷地說：「我不需要你們歡迎，我不是因爲不放心爺爺，才不會去你們那個破地方呢。」

鄭老有些不高興了：「小莉，你對人家怎麼說話的呢？」

鄭莉說：「爺爺，他們是想利用你的聲望來達到……」

鄭老急了，打斷了鄭莉的話：「你給我閉嘴，你瞎說八道什麼，是爺爺和奶奶想要回家鄉看看，與小傅這些地方上的人沒有什麼關係的。」

鄭莉叫道：「爺爺，你就聽他們蠱惑你吧。」

傅華在一旁笑著說：「鄭老您別動氣，您孫女是擔心旅途中您的身體健康，這是好意，您就別責備她了。」

鄭莉瞪了傅華一眼：「要你裝好人。」說完，站起來走進裏屋了。

鄭老笑著說：「這丫頭被她奶奶嬌縱慣了，沒大沒小的，你別見怪啊，小傅。」

傅華說：「這是鄭莉她對您二老的親情流露，我怎麼會見怪呢。」

傅華又跟鄭老敲定了一些出行的細節，這才告辭離開。

在路上，傅華接到了楊軍的電話，說他朋友那兒有一塊地很不錯，問傅華什麼時間可以一起去看一看。

傅華歉意地笑了笑：「不好意思，楊兄，我這幾天有一個很重要的接待任務，一時難以抽出時間來，能不能等幾天，等我這次接待任務完成了，再聯繫去看地。」

楊軍笑笑：「沒問題，我等你電話吧。」

傅華放下手機的時候想，這個楊軍還算不錯，真心實意地想要幫助自己把酒店建起來。

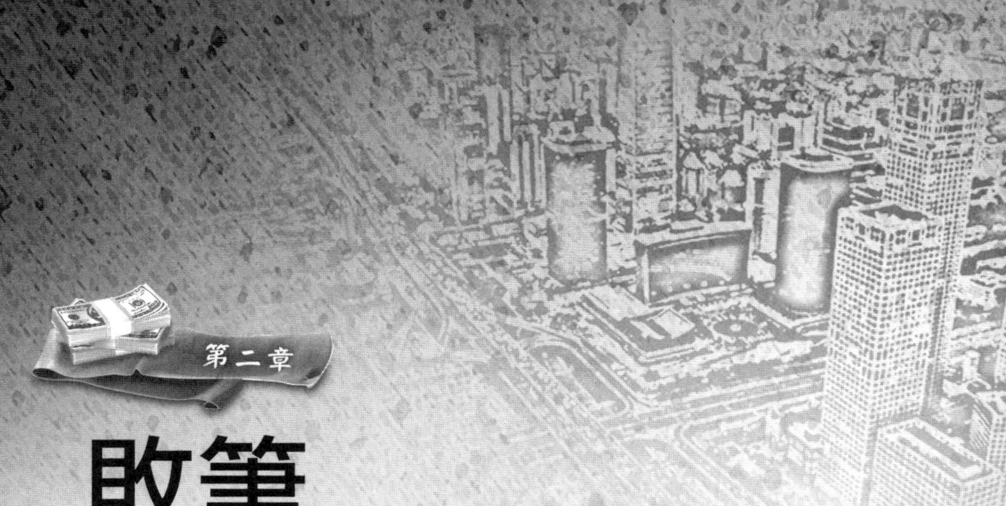

第二章

敗筆

傅華笑笑：

「鄭老您高看我了，我深深知道一個地方主官的艱難。就拿您這次回來海川來說吧，作為市委書記的孫永各方面都需要考慮到，一方面考慮不到，您這次回來對他來說就不是成績，而是敗筆了。」

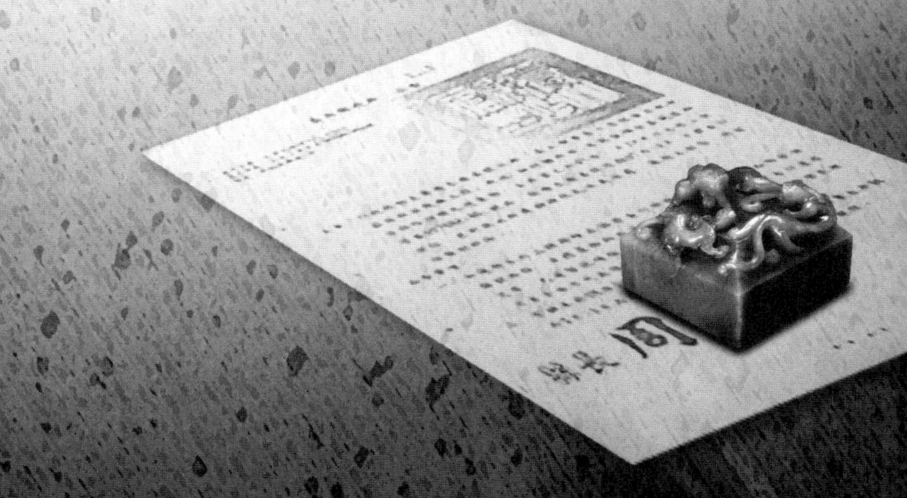

三天後，傅華和鄭老、鄭莉等人一起登上了去海川的列車，鄭老這次還鄉之旅正式開始了。

在火車上，傅華擔心鄭老兩口子有什麼不適，就陪在二人身邊陪他們聊天。鄭莉還有些惱火傅華，又拿傅華沒轍，索性躲開，回到了自己的軟臥包廂。

三人閒聊著，老太太問傅華：「小傅，你今年多大了？」

傅華笑著說：「三十一了。」

老太太說：「哦，也不小了。看你的樣子似乎還沒結婚吧？」

傅華笑著說：「阿姨，沒結婚這能看出來嗎？」

老太太說：「當然可以看出來，沒結婚的人沒牽掛，給人一種很自在的感覺。」

傅華笑笑：「我確實還沒結婚，阿姨您說對了。」

老太太說：「為什麼到現在還沒結婚呢？小夥子各方面條件都不錯啊。」

傅華不想解釋什麼，就說：「沒遇到合適的。」

老太太笑了：「是你眼光高吧？」

傅華笑了：「阿姨，不是我去挑別人，是別人挑我。」

老太太上下打量了一下傅華：「小傅啊，你這個人不實在，你看看你，一表人才，也看不出有什麼壞習慣，小姐們遇到你搶都搶不到手，還會挑你？」

傅華搖了搖頭：「阿姨，我個人條件沒問題，可是我的家庭條件就不那麼令人滿意了。前幾年，我媽媽一直臥病在床，哪個女孩會願意嫁進來就伺候病人啊？」

老太太說：「那就難怪了，可惜了這麼好的小夥子，現在你媽媽還好嗎？」

傅華說：「已經走了。」

老太太說：「哦，那你現在沒什麼負擔了，可以好好找一個女朋友了。」

傅華笑笑：「阿姨，以前我還急著找一個老婆，好幫我一起照顧我媽媽，也了了我媽媽想抱孫子的心願。現在我媽媽走了，我的心也淡了，隨緣吧。」

老太太點了點頭：「小傅啊，看來你是個孝子啊。不錯，不錯。告訴我，你想找什麼條件的，看看我眼前有沒有合適的。」

傅華笑了：「這個真的是要隨緣，只要順眼就好。」

老太太笑笑：「哎，你看我們家小莉怎麼樣，她也老大不小了，可是一直沒找到合適的。」

傅華心想：這老太太真有意思，沒看到您孫女見了我就走嗎？還想把她介紹給我，她不踹我兩腳就不錯了。

傅華笑笑：「謝謝阿姨看得起我，不過，我是土包子一個，入不了您孫女的法眼的。」

老太太聽傅華婉拒了自己的提議，說：「小傅啊，你別看小莉這幾天對你橫眉冷對的，那是因爲她對我和老鄭這次海川之行不滿，不是衝著你的。其實她是一個很溫柔的女孩子，也很能幹，自己開了一個很賺錢的服飾公司，這樣一個既能幹又溫柔的女孩子很難找的。」

傅華笑著說：「我知道您孫女爲什麼對我有意見，這我很理解。但是我跟她真是不合適。」

傅華並不喜歡鄭莉這樣強勢能幹個性的女人，更何況這個強勢女人的背後，還有一個背景深厚的家庭。婚姻在他來說，是一個避風港，是男人舔舐傷口的地方，他想要的是一個溫柔體貼的女人，而不是像鄭莉這樣強勢的女人。即使娶了鄭莉會對他的仕途有很大的幫助，他也不會願意接受的，他並不想把婚姻作爲終南捷徑。

老太太還想說什麼，鄭老在一旁說道：「老婆子，現在的年輕人都有自己的想法，他們如果看好了對方，自己會有所行動的，你就不要操那麼多心啦。」

老太太不高興地說：「我不是操心，你看現在的年輕人，一個個年紀都不小了，可是卻都不著急結婚，也不知道他們是怎麼想的。」

鄭老笑了：「時代變了，你以爲都還跟我們那個時代的人一樣？」

傅華看了看鄭老，笑著說：「其實，鄭老，我感覺生在您跟阿姨那個時代可能更有用武之地。」

鄭老說：「我們那個時代有什麼好，戰火紛飛的。」

傅華說：「可是那是一個人才輩出的年代，是個年輕人一腔熱血可以揮灑的年代。」

鄭老點了點頭：「這倒也是，那時候倒真是一個年輕人更有出頭機會的年代。」

一路上，鄭老興致勃勃地跟傅華講述了他的過往經歷，回顧起自己投筆從戎的歷史起來。

這是一個在死人堆爬出來的老人的一生，充滿了激情和血淚，傅華聽得驚心動魄、津津有味。鄭老也樂得有這樣一個傾聽者跟他分享往日的歲月，倆人相談甚歡，很快就成了忘年交。

臨近海川，鄭老開始變得傷感起來，他開始述說跟章華相識、相戀的過程，老太太在一旁也不時地糾正鄭老記錯的地方，倆人的眼睛裏常常會模糊起來，只是在傅華這個後輩面前，倆人不得不克制自己的感情，不讓眼淚流出來。

在海川火車站，孫永和曲煒各自帶著秘書早就等在那裏了。由於鄭老事先交代過不要驚動地方，因此孫永並沒有安排什麼盛大的歡迎儀式。

鄭老被送到了海川大酒店住下了，鄭老說：「我已經很累了，想要休息一下。小孫、小曲你們都是地方首長，有很多事要忙，回去吧，把傅華留下來照顧我就好了。」

孫永說：「那鄭老您先休息吧，晚上程書記會趕過來看您。」

鄭老說：「我知道了，你們先回去吧。」

孫永說：「那好，我們先出去了。小傅，你先跟我出來一下。」

傅華就跟著孫永、曲煒走出鄭父老的房間，孫永說：「小傅啊，你順利地把鄭老接到了海川，很好。」

傅華笑著說：「這是我應該做的。」

孫永又指了指周圍的房間說：「這個樓層市委已經包了下來，鄭老左邊的兩個房間，住的是醫療小組的人，鄭老有什麼不舒服的地方，可以馬上找他們。右邊第一個房間你住，第二三間是便衣警衛，保護鄭老安全的，有什麼緊急情況他們會處理。你明白嗎，小傅？」

傅華點了點頭：「我明白。」

曲煒拍了拍傅華的肩膀：「鄭老的健康和安全十分重要，你必須全力保證不出一點紕漏。」

傅華說：「我一定不辜負上面對我的信任。」

晚上八點，省委書記程遠從省府趕到了海川，孫永和曲煒陪同他們一起到海川大酒店來見鄭老。

鄭老跟程遠握了握手，笑著說：「小程啊，我下來給你添麻煩了。」

程遠笑著說：「鄭老，我是您帶出來的兵，來看望您是應該的，說什麼麻煩不麻煩的。」

鄭老說：「其實小孫和小曲照顧我挺好的，本來不想讓他們驚動你的。後來想想，我這一把老骨頭了，跟你們見一面少一面，也有點想你，就沒攔他們。」

程遠笑著說：「鄭老，您這是說哪裡的話啊，我一直想請您回東海來走走，可是您一直怕給地方上添麻煩，不願成行。這一次來了就好了，回頭跟我去省府住幾天吧？」

鄭老笑了：「你那裏我可不去，我這次回來，只是給老朋友掃掃墓而已，掃完墓就回去了。」

程遠說道：「那怎麼行，您好不容易來一趟，怎麼也得到我家裏坐坐。」

鄭老笑了，說：「我老了，不喜歡熱鬧了。你來看看我，我就很高興了。現在你也看過我了，可以回去忙你的工作了。」

程遠笑了：「鄭老，您這可不對啊，怎麼我一來您就趕我走呢，我明天陪你掃完墓再離開行嗎？」

鄭老想了想說：「也好，我們很長時間沒在一起敘舊了，你就留下吧。」

程遠高興地說：「遵命。」

當晚，程遠跟鄭老聊到了半夜，就留宿在海川大酒店。

第二天一早，鄭老夫婦、程遠、孫永、曲煒、傅華等人以及兩名醫療小組的成員就上了一輛大巴，出發給章華掃墓。隨著路變得越來越不好走，道路兩旁的建築也變得低矮簡陋，鄭老的眉頭皺了起來。

章華的墳在一座小山的山坡上，周圍荒草淒淒，一座孤零零的墳頭堆在那裏，一座殘碑樹立在那裏，上面依稀還可以看見章華的名字。傅華打量了一下四周，看得出來這裏剛剛經過平整，不然的話，這座墳頭一定還湮沒在荒草中。想來孫永找到這裏費了不少周折。

下了車的鄭老激動得渾身顫抖起來，老太太和鄭莉趕緊攙扶著他，三人走到了章華的墳前，鄭老伸手撫摸著墓碑，老淚縱橫：「章華，我來看你來了。」

老太太也流著淚說：「華姐，我們把你孤零零地留在這裏，真是對不起。」

程遠帶著孫勇等人在鄭老身後，向章華的墓鞠躬，以示致哀。

過了一會兒，程遠見鄭老越哭越傷心，上前勸慰道：「鄭老，節哀吧。」

鄭莉也說：「爺爺，您的身體要緊，不要哭了。」

鄭老這才慢慢收住了哭泣。

回程的路上，孫永說：「鄭老，我要向您檢討，地方上對章華女士的身後事照顧的不好，這些年，這裏一直荒廢著。」

鄭老搖了搖頭，說：「這不怪你，小孫。過去那麼多年，地方上的官員不知道換了多少屆了，很多事情和人都被遺忘了。你能找到章華的墓，我已經很感激了。」

孫永說：「找到章華女士的墓是費了點周折，我們打聽周圍村子裏的很多老人才找到這個地方。原本想把這裏修繕一下，墓碑換一換，可是不知道鄭老有沒有什麼修繕的意見，就暫時沒動。現在鄭老您來了，您看下一步要怎麼整修？民政部門原本研究了一個方案，想要把章華女士的墓遷到烈士陵園去，不知道鄭老您覺得怎麼樣？」

鄭老說：「老話說入土爲安，不要動了。」

孫永說：「那整修呢，您有什麼指示嗎？」

鄭老說：「你們不要管了，我知道了這個地方，以後我的兒女會來祭拜章華的，他們會整修的。」

孫永說：「鄭老，我知道您不想給地方添麻煩，可是我們地方政府有責任……」

鄭老一擺手，說：「小孫哪，你不要講了，就照我的安排做吧。」

一行人回到海川大酒店，程遠看看鄭老有些疲倦，就說：「鄭老，您既然不肯跟我去省府，那我要回去了，以後去北京看您。」

鄭老說：「你省裏還有一大堆事務等你，趕緊走吧。」

程遠跟孫永握手：「我把鄭老交托給你了，你可要給我照顧好他。」

孫永用力地點了點頭：「程書記您放心，我一定照顧好鄭老。」

程遠又跟曲煒握了握手就離開了。孫永和曲煒也看出鄭老很疲勞了，隨即也告辭了。傅華看看鄭老都挺好，便一起離開了鄭老的房間，回到自己的房間休息。

半夜時分，傅華在朦朧中被很大的敲門聲驚醒，開門一看，是鄭莉，她著急地叫道：「我爺爺發高燒，劇烈地咳嗽，這可怎麼辦呢？」

傅華嚇了一跳，趕緊把事先已經安排好的醫療小組的人叫了起來。專家經過詳細地檢查，確定鄭老只是傷心過度，受了點風寒，感冒了。醫生給鄭老服用了退燒的藥物之後，病情很快就穩定了下來。

傅華在一旁盡心服侍，他有多年照顧母親的經驗，因此照顧鄭老很到位。見鄭老已經安靜地睡著了，便對一旁著急的老太太說：「沒事了，阿姨，鄭老的情況已經很穩定了。您跟鄭莉先去休息吧，我會在這裏看著的。」

老太太說：「不行，我要在這裏守著。」

「不要了，您的年紀也大了，別再累著您。」說著，傅華看了一眼鄭莉：「鄭莉，你趕緊扶你奶奶去你的房間休息，別讓老人家也傳染上了感冒。」

鄭莉覺得傅華說得很對，就勸走了奶奶。

傅華給鄭老掖了掖被角，看看鄭老睡得很香，回自己的房間拿了一本書，拖了一把椅子，坐在鄭老的床邊看了起來。

過了一會兒，鄭莉回來，傅華低聲問道：「你奶奶睡了？」

鄭莉點了點頭，低聲說：「睡了，我爺爺還好吧。」

傅華說：「鄭老睡得很香。這裏有我看著，你也去休息吧。」

鄭莉說：「還是你去睡，我看著吧。」

傅華說：「那怎麼行，我可不敢離開，鄭老如果有點閃失，一萬個我都賠不上的。」

鄭莉輕聲笑了：「不好意思，我那天的話說得過頭了點兒。」

傅華說：「不好意思的應該是我，我還是沒照顧好鄭老，沒盡到責任。」

鄭莉說：「好了，我們倆就不要互相檢討了。反正我也因爲擔心爺爺睡不著，我們就一起看著他吧。」

傅華又拿了一把椅子過來，讓鄭莉坐下。鄭莉拿起傅華放在床邊的書看了看，輕聲說：「你在看《隨想錄》。」

傅華說：「這是我的枕邊書，我感覺帕斯卡不光是一個數學家，還是一個偉大的哲學家。這本《隨想錄》隨時都可以看到閃著思想光輝的語言。」

鄭莉說：「人只不過是一根蘆葦，是自然界最脆弱的東西，但他是一根有思想的蘆葦。」

傅華笑了起來：「要摧毀他，無須全宇宙都武裝起來，一股氣，一滴水，都能夠致他死命。但是在宇宙摧毀他時，人依然比摧毀者高貴，因爲他知道自己死，知道宇宙比他強大得多，而宇宙卻毫不知道。」

鄭莉接著說：「人應該詩意地活在這片土地上，這是人類的一種追求一種理想。」

傅華笑了，說：「人的靈魂有兩個入口，一是理智、一是意志。」

鄭莉說：「不管心靈多麼廣闊，人只能承受一種偉大的激情，所以當愛和野心相遇時，它們的偉大只有它們各自單獨出現時的一半。」

鄭莉和傅華說的都是《隨想錄》上的名言，傅華見鄭莉對《隨想錄》這麼熟悉，不由得技癢，正要繼續接著說下去，這時鄭老輕輕地咳了一聲，傅華趕緊閉上了嘴，和鄭莉一起緊張地看著鄭老。觀察了一會兒，見鄭老並沒有醒來，仍舊睡得很香，倆人這才放鬆了下來。

傅華低聲說：「想不到你對帕斯卡這麼熟悉。」

鄭莉說：「我以前很喜歡福柯，因爲福柯才喜歡上了帕斯卡。」

傅華笑著說：「我知道了，福柯在《瘋狂史》得出的結論就是帕斯卡的一句話：人類必然會瘋癲到這種地步，不瘋癲也只是另一種形式的瘋癲。想不到你竟然會喜歡福柯。」

鄭莉說：「福柯怎麼了？」

傅華笑著說：「福柯自殺、吸毒、同性戀，有許多風流韻事，參加各種抗議活動；他的哲學裏充斥著思想史上的邊緣問題，這個人的思想遍及哲學、文學、社會學、歷史、政治、藝術、法律……這是一個在天才與瘋子之間的人物，我總覺得他跟尼采很相近。」

倆人越談越投機，竊竊私語，在漫漫長夜裏竟然沒感到絲毫睏意。

早上七點，鄭老醒了過來，看看守在床邊的鄭莉和傅華：「你們都沒睡啊？」

鄭莉伸手試了一下鄭老的額頭，經過一夜的休息，鄭老已經退燒了，鄭莉鬆了一口氣，說：「不燒了。爺爺，昨晚我真的被您嚇死了。」

鄭老笑了笑：「爺爺身體棒著呢，一場小感冒打不倒的。」

傅華站了起來：「我去叫大夫過來看一下。」說完，就去把醫療小組的大夫叫來，大夫給鄭老檢查了一番，認爲基本上已經康復，又讓鄭老服了一點藥加強一下。

老太太這時也過來了，看看鄭老已無大礙，就對傅華說：「小傅啊，你一夜未睡，去睡一會兒吧。」

鄭莉也說：「是啊，你看護了我爺爺一晚上，去休息一會兒吧。」

傅華笑笑：「那我去休息了，有什麼情況隨時叫我。鄭莉，你也一晚未睡，也休息一會兒吧。」

老太太敏感地意識到倆人對彼此的態度發生了很大變化，看了看傅華，看了看鄭莉，不知道這一夜倆人之間究竟聊了什麼，怎麼突然變得不一樣了。

不過，老太太並沒有點明，只是說：「是啊，小莉啊，你也去休息一會兒吧，你爺爺這裏有我看著呢。」

傅華和鄭莉就離開，各自去休息了。

隨後，一些尙還健在的老朋友或者老戰友的後人陸續來看望鄭老，鄭老就在海川又流連了幾天。傅華就帶著鄭莉到海川的海邊去玩。

海川大海由於保護得很好，並沒受什麼污染，清澈見底，碧水藍天，海鷗聲聲，讓鄭莉不覺心曠神怡，她笑著說：「沒想到海川這個地方這麼美。」

傅華又帶著她去吃海邊的小館，扇貝、竹節蝦、螃蟹等海鮮，不加什麼作料，稍稍煮過，就被端上了了飯桌，吃到嘴裏，一股天然的甜鮮。鄭莉大呼好吃，說這比北京那些大飯店的菜好吃多了。

傅華笑了：「美味出自天然，廚師就算技巧再好，也是比不過老天爺的。怎麼樣，這次海川來得值吧？」

鄭莉看了傅華一眼，笑笑：「確實不虛此行。」

傅華說：「遺憾的是這一次時間比較匆忙，不能帶你去看海川有名的天聖山了。」

鄭莉笑笑說：「這裏我還會再來，以後有機會我會去看的。」

在返程的車上，傅華跟鄭老、老太太以及鄭莉坐在一起閒談。

鄭老說：「小傅啊，有一個問題我一直很想問你。」

傅華笑笑：「鄭老，您想問就問，我保證老老實實回答。」

鄭老說：「你當初怎麼會來做這個駐京辦的主任的？」

傅華說：「我當時是想離開海川市，曲煒市長爲了挽留我，就讓我來北京做這個主任。這也是一種變相的離開吧。」

鄭莉說：「我看海川很好啊，你爲什麼急著離開？」

傅華笑了：「這個我想你應該理解，海川雖然環境很好，可是在這裏如果每天都做著同樣的事情，你會不會厭煩？」

鄭莉笑了：「我也會厭煩的，看來你不是一個願意被拘束的人。」

傅華說：「小城市的氛圍很溫馨，節奏緩慢。人待在小城市裏，有點像溫水煮青蛙，如果習慣了，思想、創造力就會完全被磨滅。海川這個地方，將來我老了會回來的，這裏很適合一個人退休之後生活。」

鄭老說：「那你也沒必要選擇駐京辦的主任啊，這個位置成天都是在協調關係，都在務虛。」

傅華笑了：「鄭老看來對我們駐京辦很有意見啊。」

鄭老說：「你別用異樣的眼光來看我老頭子，我雖然年紀大了，可並不保守，我也知道這麼多駐京辦在北京，說明是有其生存的現實土壤。我只是覺得小傅你是有才華的，應該去做一個地方的主官，爲百姓做一點實事，而不是專門搞這些拉關係走門子的歪門邪道。」

傅華笑笑：「鄭老您高看我了，我跟曲煒市長做了八年秘書，深深知道一個地方主官的艱難。就拿您這次回來海川來說吧，作爲市委書記的孫永各方面都需要考慮到，一方面考慮不到，您這次回來對他來說就不是成績，而是敗筆了。首先，他請您回來，是衝著程遠書記的，所以當初在您那兒，他就需要事先跟您說一聲，要通知程書記。」

鄭老說：「他這點小心機我明白。就算我不讓他通知程遠，他也必然會通知程遠的，所以我就沒攔他。」

傅華說：「其次，他肯定也覺得章華女的墓有些荒涼，缺乏管理，可是他卻不敢直接修繕。爲什麼呢，他怕您認爲他沒找到章華女士的墓，隨便弄一個假墓來糊弄您。所以他只清理出道路，保留殘破的墓碑，就是讓您能夠確認他找的地方沒錯。事後，他一道歉，您就是生氣也不會說什麼了。」

鄭老笑了：「這些你也想到了。」

傅華笑著點了點頭，接著說道：「您大概也知道您在海川大酒店住的那個樓層，都安排了工作人員，雖然您說要不驚動地方，可醫生、警衛一個都沒少。這是因爲孫書記他根本不敢少，一旦您有什麼閃失，這個責任他擔不起。」

鄭老說：「這一點我也明白。」

傅華詫異地看了鄭老一眼，心說：既然能明白，實在沒必要再做這種掩耳盜鈴的安排。

鄭老笑笑說：「你心裏覺得我是掩耳盜鈴吧？」

傅華笑了，心想：這老頭兒成精了，竟然可以看出自己在想什麼。

鄭老接著說：「其實我很清楚現在官場的風氣，一些地方官員脫離群眾，事事唯上，儼然已成了一種痼疾，我老頭子也是沒辦法改變的。我能做到的，是儘量降低這種做法在群眾中的惡劣影響。如果我不交代，孫永不知道會安排多大的場面呢，所以我事先叮囑了一下他，讓他就是要做，也只能暗地瞞著我做，場面上看不出來，老百姓也不會在背地戳我的脊梁骨。」

傅華笑笑說：「那鄭老更應該理解我選擇駐京辦的心情，我是願意謀事的人，不想費那麼多心事謀官。」

鄭老遺憾地說：「你們這些有能力的年輕人都躲在一邊潔身自好，那社會怎麼會進步啊？」

傅華說：「我們這個時代跟鄭老您的時代不同，已經不需要什麼天下興亡，匹夫有責了。我只想做一散仙，雖然也有我的追求，也想有所作爲，但並不想爲這社會承擔太重的責任，力所能及就好了。」

鄭莉笑了：「你倒好大的志向。」

傅華看了鄭莉一眼：「你是研究過福柯的人，我始終沒想明白福柯跟服飾公司有什麼聯繫，不知道服飾公司算是怎樣一個遠大的理想啊？」

鄭莉詫異地看了看傅華：「你怎麼知道我是做服飾公司的？」

旋即，鄭莉明白了，她指著老太太說：「奶奶，您又想把我推銷出去是不是？」

老太太笑了：「我就是跟小傅聊了聊你的情況，沒說別的。」

鄭莉臉紅了：「你們真是的，怕我嫁不出去還是怎麼的?放心，我要嫁，大把的人等著娶我呢。」

老太太笑了：「那你趕緊嫁，我和你爺爺還想抱重孫呢。」

鄭莉臉越發紅了：「您說的這都是什麼啊，不跟你們說了。」

鄭莉離開了包廂，老太太搖了搖頭說：「我越發看不懂你們這些年輕人啦。」

到了北京，傅華將鄭老三人送回了家，鄭老有些不捨地說：「小傅啊，謝謝你這一路上照顧我和老婆子。有時間多來我這裏吃頓飯，聊聊天，我老頭子這裏不缺你一雙筷子。」

傅華笑著說：「那我少不了會叨擾的。」

鄭莉看了看傅華，也有些不捨，不過，她不是一個感情細膩的人，只是說：「有時間多來玩。」

傅華點了點頭，他現在感覺鄭莉是一個很談得來的朋友，說：「那再見啦！」

鄭莉伸出手來跟傅華輕輕握了握手：「再見！」

倆人心中對對方都有一種朦朧的好感，可是倆人都沒有主動去挑破這層窗戶紙。在鄭莉來說，這是一種女人的矜持，哪有女孩子先追男孩子的；在傅華來說，這是一種畏縮，他已經不是當年在學校看到心儀的女孩子就展開窮追猛打的熱血青年，他已經過了而立之年，做什麼都是要思考一下了。讓他退縮的是鄭莉的門第太高，他不得不心存顧忌。

回到辦事處，林東彙報了一下辦事處這幾天的工作，不過是些日常事務，但是林東的態度很好，已經沒有傅華剛來時那種明顯的敵意了。

林東出去後，傅華撥通了馮舜的電話，說自己已經回北京了，鄭老他們一路都很平安，讓馮舜跟孫永彙報一下。馮舜說，孫書記就在身邊，他要跟你講話。

電話就變成了孫永的聲音：「小傅啊，鄭老這一路上身體沒再出問題吧？」

傅華說：「沒有，一切平安，孫書記。」

孫永說：「不錯，小傅啊，你這次接待的任務做得很好，上面會爲你的優良表現記上一筆的。好好幹吧。」

傅華笑著說：「謝謝書記對我的鼓勵。」

孫永說：「這樣吧，我要跟程遠書記彙報這一情況，他剛剛還打來電話問我鄭老在旅途上的情況呢。」

傅華隨即打了電話給曲煒，通報了情況，曲煒語氣淡淡的，說了一句我知道了，就沒下文了。傅華不知道下面自己該說些什麼，停頓了一下，那邊曲煒的電話就掛掉了。

傅華愣住了，這時他意識到，可能這次安排鄭老去海川在某些方面傷到了曲煒的利益。傅華心裏有些惆悵，他並不想有這種結果的。

在海川。

曲煒掛掉電話後嘆了口氣，他現在的心情很沮喪，他沒跟傅華說出來的是，因爲這一次鄭老的到訪，又一次毀掉了他接任市委書記的機會。

東海省對這一次融宏集團落戶在東海是很高興的，融宏集團在廣州已經證明了它的實力，這是一個具備造城能力的企業集團。它在廣州的工廠雇傭了三十萬人，連帶一些配套的廠家和爲融宏集團提供服務第三產業工作人員，實際上的規模超過五十萬。

這是一個可以帶動ＧＤＰ和就業的項目，東海省是很想籠絡住它們的，讓融宏集團在海川也形成一個類似廣州工業園區的「融宏」城。

而把融宏集團拉到海川，曲煒功不可沒。陳徹拜訪東海省政府時，也在郭奎省長面前讚揚了曲煒實幹家的作風。因此郭奎很想把海川市交由曲煒全面掌管，從而方便跟陳徹的全面配合，所以在省委的書記會上，提出了調離孫永，讓曲煒接任海川市委書記的建議。

程遠當時聽完這個建議，也有些心動，說要考慮考慮。可是鄭老到海川走了這一趟，讓程遠改變了主意，他私下跟郭奎交流了一下意見，說鄭老似乎很肯定孫永，此時動孫永不合適，而且曲煒作爲市長，也能很好地配合融宏集團的工作。

郭奎是知道鄭老的威望和影響的，就沒再堅持。曲煒的市委書記夢再次畫上了休止符。

曲煒明白傅華不過是完成自己的工作任務而已，再說，沒有傅華，他也拉不來融宏集團，他實在不應該怪罪傅華。可是他心中實在是憋悶，畢竟市委書記這一位置他想了很久了。

第三章

風流韻事

今天這場談判，讓傅華覺得楊軍是真心想幫自己，
因此覺得他是一個還算不錯的人，肯真心幫朋友。
雖然可能風流了一點，可是一個男人，
尤其是一個做生意的男人，有點風流韻事也是很難免的。

回北京後的第三天，傅華和楊軍一起去看了楊軍說的那塊地。陪同他們看地的，是北京井田公司的老總，叫邵彬，一個看上去很憨厚樸實的五十多歲漢子。

這是一個臨近朝陽公園的地方，站在土地的高處，四面望去，周圍的視野很開闊，而且臨近公路，交通四通八達，大小和位置正適合建一座酒店。傅華第一眼就喜歡上了這個地方。

邵彬站在倆人身邊，一直搓著手，有些局促地說：「是我這個人無能，沒經營好公司，欠了別人一大筆錢，要不這塊地我怎麼也捨不得賣的。」

傅華笑了笑，說：「邵總，你別這麼說，賣了地，你可以盤活一大筆資金，就可以東山再起了。」

根據楊軍瞭解，原本井田公司買這塊地是準備建辦公大樓的，當時井田公司的經營正是大好，所以準備擴建辦公大樓，讓公司上一個層次。可惜的是，邵彬當時被大好形勢沖昏了頭腦，放鬆了對公司的管理，又盲目地進行了幾個案子，長時間下來，公司的資金就被他折騰得差不多了，還欠了一大筆債。辦公大樓的建設計畫不得不擱置，甚至要賣出這塊地以籌資還債。

楊軍看了看傅華的表情：「還滿意嗎？」

傅華並沒有表現出見獵心喜的樣子，淡淡地說：「還可以。哎，邵總，你這土地辦了土地使用證了嗎？」

邵彬苦笑了一下：「這塊地手續是齊全的，買這塊地的時候，我們公司正紅火，資金充足，所以當下就辦理了土地手續。」

楊軍笑笑：「好了邵總，你別一副苦瓜臉了，你應該慶幸當時就辦好了土地使用手續，否則這塊地的價值會降低不少。錢還在那裏，並沒有損失，比起你辦別的事情瞎折騰了，好過太多了。」

邵彬說：「當年這點辦手續的錢，根本看不到我眼裏的。」

楊軍說：「此一時彼一時。你如果還是當年那麼英雄，我們也不可能來看這塊地了。」

傅華笑笑：「邵總，我們還是立足於現實吧，你可以把手續資料給我一套影本嗎？」

傅華問這個，是想做一些必要的調查，看看這塊土地有沒有別的權利方面的缺陷。

邵彬說：「可以，這是應該的。傅主任你放心吧，我這塊地乾乾淨淨，沒有絲毫缺陷的。」

「我相信邵總不會騙我，我只是要例行一下相關的調查，畢竟這是爲公家單位工作，只有把必要的程序都履行了，才能跟上面交代。」

邵彬說：「我明白，我明白。這是相關的批文和土地證影本，你可以到土地管理部門調查，絕無問題。」

傅華將資料接了過來，然後問道：「邵總準備賣多少錢？」

邵彬說：「這塊地現在怎麼也值兩千二百萬吧？」

楊軍笑了：「邵總，你開玩笑吧？去年你是一千兩百萬拿下這塊地的，一轉手就要增加將近一倍的價錢？這錢也太好賺了。」

邵彬說：「不是，楊總，你應該瞭解這一帶土地的增值幅度，我出這個價格還是比較低的呢。」

楊軍說：「土地就是增值，也不會增值到這種地步，你給個實在價。」

邵彬說：「那就兩千萬，楊總。我這可是沖著你是我鐵哥們介紹來的，不然不會這個價格賣的。」

楊軍笑笑：「那算了，傅兄，邵總是不太想賣給我們了，你把資料還給他，我們走吧。」

邵彬有些慌了：「你別這樣啊，楊總，價錢還可以商量的。」

楊軍說：「邵總，傅主任不是一定非要買你這塊地的，你可以去打聽一下，我楊軍是什麼人，相信我在朝陽這裡爲傅主任找塊地還是能辦到的。而且你這塊地，說實在，雖然地理位置不錯，可並不是什麼香餑餑兒。建工廠吧，你這裏的面積又不夠大，只能建辦公大樓和酒店之類的。實話說，我們如果不買，你再想找像我們這麼合適的主兒怕是很難，所以我奉勸邵總一句，你還是好好考慮清楚再出價。」

邵彬搓了搓手：「以前這點錢還真沒看到我眼裏，不過現在我困難了，不得不出手。這樣，楊總，你是行家，你出個價。」

楊軍看了看傅華：「傅兄，你覺得多少合適？」

傅華來之前，對這裡地段的土地價格大致瞭解了一下，便在心裏估算了一下，又給自己留了點討價還價的餘地：「一千五百萬怎麼樣？」

「傅主任，你也壓得太狠了吧？一下子砍掉了五百萬。」

傅華笑說：「這是根據我瞭解的周圍地價算出來的，這個價格相比你去年拿地，已經多了三百萬了，一年不到就有百分之二十五的利潤，已經很高了。」

邵彬說：「楊總你幫我說說，這個價格我沒辦法接受，你讓傅主任加一點吧？」

楊軍看了傅華一眼：「傅兄，還有沒有餘地？」

傅華笑笑搖了搖頭：「我覺得這個價格已經很公道了。」

邵彬內心似乎很矛盾，臉上的肌肉抽搐了一下，看來傅華出的價格正在坎上，讓他接受不是，放棄也不是。

邵彬看著傅華：「傅主任，要不您看這樣，您再加一點。我知道您這是爲了單位買地，您個人的部分我不會虧待的。」

傅華笑了：「我個人就不需要考慮了，我從來不收這種錢的。」

邵彬又求救地看看楊軍：「楊總，這個價錢我真的不能賣，你也應該知道，拿地的錢可不僅僅是帳面那麼多，再加上辦手續的稅費，這塊地我如果一千五就出手，可能還要賠錢，你幫我跟傅主任再說說。」

楊軍笑道：「要不我看這樣吧，再加一百萬，你們雙方覺得如何？」

傅華做出了一副爲難的樣子：「這個嘛，有點高了，我回去跟上面有點不好交代。」

楊軍又看看邵彬：「邵總什麼意思？」

邵彬苦笑：「好吧，不過我們不承擔過戶的相關費用。」

楊軍向傅華眨了一下眼睛，示意他可以接受了。傅華會意：「好吧，衝著楊兄，這個價格我接受了。不過你要給我一段時間，我要請示長官。」

邵彬苦笑了一下：「你最好快點，時間太久我可等不起。」

傅華笑笑說：「不會太久的。」

離開後，傅華跟楊軍去了朝陽區土管局，將這宗土地的地籍資料先調了出來，跟土地證上的相關資料是相符的，又落實了一下這塊土地並沒有受到查封、擔保抵押之類的權利限制，傅華這才放心了。

楊軍笑著說：「傅兄，厲害啊，你沒看到你出價一千五百萬時把邵彬難受的，夠老道。幸好你沒入商界，否則我們這些人就沒飯吃了。」

傅華笑了笑：「楊兄客氣了，其實沒楊兄的支持，今天這場談判是沒辦法達成協議的。」

楊軍笑笑：「不要客氣了，我還希望你買下這塊地，把工程項目交給我來做呢。」

傅華瞭解過楊軍公司的資質，他公司的資質完全可以承建一座酒店，就笑笑說：「楊兄不說，我也是要拜託的。只是到時候價錢方面可要給我優惠啊！」

楊軍笑了笑說：「你是郭靜的同學，我如果賺你的錢，郭靜不會放過我的。」

楊軍提到了郭靜，傅華心裏有些好奇，出了孫瑩那件事之後，郭靜和楊軍這對夫妻相處的如何？

今天這場談判，讓傅華覺得楊軍是真心想幫自己，因此對他的芥蒂少了很多，覺得他是一個還算不錯的人，肯真心幫朋友。雖然可能風流了一點，可是這社會已經是一個很開放的社會，一個男人，尤其是一個做生意的男人，有點風流韻事也是很難免的。

傅華心中諒解了楊軍，希望他們夫妻好好相處，所以試探性地問道：「我最近有一段時間都沒見到過郭靜了，她還好嗎？」

楊軍臉上閃過一絲陰影，不過隨即馬上就笑著掩飾了過去，說：「她挺好的。」

楊軍臉上的那絲陰影並沒有逃過傅華的眼睛，看來這對夫妻也不是一點問題都沒有，只是楊軍並不想把這些暴露出來，傅華就無法再深問下去了。

倆人就在土管局分了手，傅華回了駐京辦，把資料給了羅雨，同時把土地的情況跟羅雨作了說明，讓他跟市政府寫報告請示批准購買這塊土地。

羅雨領令而去。傅華把頭靠到椅背上，舒適地閉上了眼睛，想想來駐京辦不過短短的幾個月時間，事情一件一件都很順利地辦了下來，他自己都爲自己高興。

傅華腦海裏浮現出了大酒店建成的場景，想想他坐在裝飾豪華的辦公室裏辦公，嘴角不由得浮現出一瞥忍不住的愜意微笑。

辦公室電話尖銳地響了起來，把沉浸在美夢中的傅華驚了一下，他一下子坐正了，心裏猛烈地跳動，竟然有些慌慌的感覺。

他定了一下神，這才抓起電話，說：「你好，哪位？」

電話裏丁益笑著說：「傅哥，你在幹嘛，怎麼這麼久才接電話？」

傅華笑笑，「丁益啊，找我有事嗎？」

丁益說：「我爸爸讓我問你一下，晚上有安排嗎？」

傅華說：「目前沒安排，怎麼，丁董到了北京了嗎？」

丁益說：「是，我們現在北京，晚上我爸爸要請頂峰證券的老總潘濤，想請傅哥做陪。」

傅華笑了：「你見過潘濤了？」

丁益笑笑說：「見過了，我和我爸爸這次來是跟頂峰證券談保薦人的合同的，哪能不見面呢。」

傅華詭笑著說：「那潘濤對你是不是很熱情啊？」

丁益說：「是啊，很熱情，讓人挺不舒服的。哎，你這麼說是什麼意思啊？」

傅華不想拆穿潘濤喜歡男風的嗜好，就笑著說：「沒什麼意思，熱情就好。那晚上賈主任去不去？」

丁益說：「賈主任另有應酬，脫不開身。」

傅華挺不喜歡潘濤的，既然賈昊不去，丁益父子又跟潘濤搭上了線，他就不想參加這次宴會了：「賈主任不去，我也就不去了吧。」

丁益說：「別呀，我爸爸還有事想拜託你呢。」

傅華這下倒不好推辭了：「那去哪兒？還去北京飯店？」

丁益笑了：「還在北京飯店，不過不去吃譚家菜了。潘濤說在萊佛士的家安餐廳，去吃法國大餐。」

傅華笑了：「還是你們這些開公司的有錢，專揀好地方吃飯。」

丁益說：「已經訂好了包間，晚上七點，等你。」

晚上，傅華應約來到了萊佛士的家安餐廳。

家安餐廳內部整體裝飾樸素而不失雅致，充滿了懷舊氣息，獨特的窗戶和精緻的水晶燈相得益彰，隨處便可找尋到歲月留下的痕跡。在主廳的一九二四年的舞池和一台古香古色的黑色鋼琴，要算餐廳最爲耀眼之處，讓來此就餐的客人彷彿漫步歷史長廊之中。

傅華想不到潘濤竟然會喜歡這麼文藝氣息濃厚的地方，這裏倒是一個高雅的玩情調的地方，很適合情人之間喁喁私語。

傅華被領進包廂，看到丁江父子和潘濤已經在座，潘濤見到傅華，笑著跟他握手，說：「小傅來了。」

傅華輕輕握了一下潘濤的指尖，隨即誇張地指了指餐桌上擺得琳琅滿目的餐具，笑著說：「潘總，這麼多餐具要怎麼用啊？」借機閃開了潘濤可能的糾纏。

潘濤笑了笑：「簡單，由外向裏用，一道菜一套餐具，人家早就給你設計好了。」

丁江笑笑說：「這法國佬也不怕費事，像我們中國人，一雙筷子什麼問題都解決了。」

潘濤笑著說：「丁董啊，我們中國人吃飯就是吃飯，玩不出法國人這些情調來的。你看這裏的氣氛多好啊。」

傅華恍然明白潘濤爲什麼喜歡這裏，這裏真的很適合他領著那種奶油小生來玩氣氛，吃吃飯什麼的。

開胃酒喝過，上了冷盤，傅華笑著說：「我還沒祝賀丁董正式啓動公司上市呢。」

丁江笑著說：「啓動是剛邁出去第一步，能不能順利就要看潘總了。」

潘濤笑了：「丁董，你放著真佛不求，非要拜我這假和尙幹嘛？這件事情說到底要看的是賈主任，我和你是同一陣營，我也希望你們一切順利。」

丁江笑著說：「賈主任那裏很關鍵我知道，潘總你這兒也要幫我們使勁啊。再說，你是賈主任介紹給我們的，你對賈主任比我們熟悉，賈主任那裏要做什麼工作，你可別忘了提醒我們一下。」

潘濤說：「實話說，賈主任這人挺正派的，不是很好溝通。不過，再正派的人他也是有喜好不是，你們想想賈主任喜歡什麼，往這個方向去溝通，事情就簡單多了。」

丁江笑笑說：「我只知道賈主任很喜歡京劇，其他的我還真不知道他喜歡什麼。」

潘濤笑了：「你知道這個不就行了嗎，投其所好，投其所好。」

丁江笑了：「我怎麼投其所好？我請賈主任看京劇？就算我請齊了四大名旦、四大老生，爲賈主任唱一次堂會，估計他也不會爲我的公司上市大開綠燈的。」

傅華在一旁笑著說：「我師兄那個人看上去很嚴謹，只要丁董你公司沒問題，上市應該會通過的，沒必要搞那麼多花樣吧？」

潘濤看了傅華一眼：「小傅啊，你想得太簡單了。」

丁江贊同地說：「是啊，我這次上市可是下了大力氣的，不能有一點疏忽，務求把什麼都做到盡善盡美。潘總，你好好幫我想想辦法，成了我不會虧待你的。」

潘濤笑笑：「我知道一個訊息，想幫賈主任了個心願，不知道丁董願意湊個局嗎？」

丁江笑了：「我太願意了，說吧，要做什麼？」

潘濤說：「我知道賈主任是真的喜歡京劇，而且是喜歡到了骨子裏，私底下，他愛好寫寫京劇劇本什麼的。我想，是不是選一個賈主任寫的京劇劇本，找個劇團排練一下，正式公演，讓賈主任好好過一把玩票的癮。」

傅華笑了，賈昊京劇的水準有多高，他心中是有數的，想要讓他拿出一台京劇的劇本可不是那麼簡單的，這裏面可是包括了生旦淨末丑、武行、龍套七行，需要對文學、表演、唱腔、音樂等諸多方面有很深的造詣才行。賈昊就算玩票，也不會玩這麼大的。

傅華說：「潘總，你這個想法太過於荒唐了，我想我師兄根本不會接受的。」

丁江卻眼睛亮了：「傅老弟，我倒覺得潘總這個想法很有創意，你又不是賈主任，怎麼知道他不肯接受呢？」

傅華看了丁江一眼：「丁董，你也是聽過京劇的，應該知道一個京劇劇本要寫出來多難。我師兄就算好事，也沒那麼多工夫去寫啊。」

丁江卻搖了搖頭：「不然，再難，那些劇本也都是人寫出來的。再說，賈主任也許早就有寫好的劇本，願意拿出來跟大眾共用呢。」

潘濤笑著說：「試一下也無妨，這是一件雅事，如果能夠促成，將是一段佳話。」

傅華說：「我總覺得師兄不會接受，反正這件事情我是不會參與的。」

丁江說：「潘總說得對，這是一件雅事，我會盡力促成的。」

傅華見無法阻止丁江，便笑了笑，不言語了。他心中以爲賈昊是一個明智的人，肯定不會玩這荒唐的票的。

幾個人就擱置了這個話題，丁江和丁益又詢問了幾個上市要注意的問題，這場大餐就結束了。

幾人出了北京飯店，先送潘濤上車離開，傅華隨即走向自己的車，想要回去。

丁江在身後說道：「傅老弟，有件事情要跟你說一下。」

傅華轉過身笑著說：「丁董有什麼要吩咐的？」

丁江笑了，「我哪裡敢吩咐傅老弟，是有件事情要拜託。這段時間，丁益要留在北京跑上市這件事情，他對北京並不熟悉，你多關照他一下。」

傅華笑笑，「小事一樁，我能幫丁益的一定會幫，丁董你就放心吧。」

丁益在一旁笑著說：「既然傅哥答應了，那有件事情就要麻煩了。」

傅華笑著說：「說吧，什麼事啊？」

丁益說：「我不太喜歡住賓館，能不能搬到傅哥那兒住？」

傅華說：「這小意思，只是我那裏條件簡陋，怕是要慢待了。」

丁益笑笑說：「跟你們一起住熱鬧，我願意。」

傅華說：「那就搬去吧，反正辦事處有空的房間。」

丁益說：「那我明天可就搬過去了。」

三人就此分手，傅華開著車回了駐京辦。

停好車之後，傅華往自己的住處走，經過院內的槐樹下時，一片樹葉飄落在傅華頭上，傅華感到一陣秋的蕭瑟，心想：所謂的一葉知秋指的就是這個吧。

傅華拂去了頭上的樹葉，不經意間地看了槐樹一眼，忽然覺得槐樹底下似乎站著一個女人的身形，飄飄忽忽，陰森森的。傅華腦海裏瞬間閃過一個字眼「鬼」，頓時汗毛直豎，起了一身雞皮疙瘩。

傅華驚叫了一聲：「誰在那裏？」

那個身形似乎苦笑了一下，便像煙霧被風吹一樣散開了，傅華嚇壞了，渾身顫慄，一步也走不動了。

屋內的羅雨聽到傅華的說話聲，打開門走了出來，看到傅華問道：「傅主任你在跟誰說話呢？」

傅華見有人出來了，心神稍定，說道：「我看剛才那棵槐樹底下似乎有人？」

羅雨開了院子的燈，燈光下槐樹底下空空蕩蕩，什麼都沒有。他便笑著說：「沒有人啊，傅主任你看錯了。」

傅華確信自己看到了一個影子，不過眼前明亮的燈光下，槐樹底下卻是什麼都沒有，便乾笑了一下，說：「可能是我看花眼了。」

回了屋，傅華發現全身都汗濕了，他心中很詫異自己看到的究竟是什麼。他是無神論者，是不相信這世上還有鬼魂的存在，可是自己剛剛見到的是什麼，他找不出答案。

這一夜，傅華閉上眼睛就感覺那個身形在自己床邊看著自己，睜開眼睛屋內卻什麼都沒有。爲了讓自己安心，只好把燈開了一宿，直到天亮才朦朦朧朧地睡著了。

高僧打鬼

奉茶之後，嘉圖洛桑問鄭老找他有什麼事，鄭老指了一下傅華，說：「我這個小朋友遇到點不乾淨的東西，就跑來向你求救。記得以前你跟我說過，寺裏有一種儀式可以打鬼，可不可以為他施行一下？」

傅華被敲門聲驚醒，看看時間，已經九點半了。打開門，羅雨領著丁益站在門外，丁益笑著說：「還是你們辦事處自在，可以睡到自然醒。」

傅華打了個哈欠：「你別瞎說，我天亮才睡著。」

丁益笑著說：「傅哥有什麼心事嗎，怎麼那麼晚才睡？哦，我知道了，你在偷著想某個小姐了，是不是？」

「徒弟，老實交代你想哪位漂亮妞了？」趙婷出現在院裏，聽到了丁益的話，插嘴問道。

丁益回頭，看到了趙婷，頓時感覺眼前一亮，這真是一位時髦漂亮的可人，比起海川那些女生，多了一些自然的高貴氣質。丁益也是眼高於頂的人物，凡脂俗粉是不入他的眼的，此刻見到趙婷，竟然有怦然心動的感覺。

趙婷被看得有些不耐煩了，問傅華：「哎，徒弟，這是你新來的兵嗎？怎麼這麼沒有禮貌，沒見過美女啊，就這麼直直地盯著人看。」

「我可沒有這麼厲害的兵，」說著傅華拉了丁益一把，「我給你介紹，這是我們海川天和房地產有限公司的副總丁益丁先生，目前有事需要住到我們駐京辦來。這位是我的老師趙婷。」

丁益被傅華一拉，清醒了過來，聽傅華說趙婷是他的老師，詫異地問：「這位小姐是你的老師？」

趙婷不高興地說：「怎麼，不像啊？」

傅華笑了：「趙老師教我打高爾夫。別看趙老師這麼年輕，高爾夫可是打得很有水準。」

丁益伸出手來：「幸會，我也很喜歡打高爾夫，有時間可以切磋一下。」

趙婷並沒有跟丁益握手，上下打量了一下他，說：「我不隨便跟人打高爾夫的。」丁益的手僵在那裏了，臉上紅一陣白一陣的。他在海川算是社交場合的寵兒，女人見了他都圍著他轉，哪裡被人這樣冷淡過。

傅華心知趙婷就是這種性格，可能她不高興丁益那麼直勾勾地盯著她看，因此故意給他難堪，便趕緊對羅雨說：「小羅，你把我們那間空的房間打開，丁總要在這裏住一段時間。」

羅雨說：「好。」

傅華就對丁益說：「丁益，你先跟小羅去看看房間是否滿意，看有什麼需要，我就在辦公室。」

丁益借梯下樓，跟著羅雨走了。

傅華笑著對趙婷說：「趙老師，你先到辦公室坐一下，我剛被叫醒，要先收拾一下。」

趙婷詭笑了一下：「剛才你還沒交代你昨晚想哪個漂亮妞呢？」

傅華笑著說：「丁益那是開玩笑，你怎麼當真了。好了，你先去我辦公室坐吧，我簡單處理一下就過去。」

趙婷笑笑：「這麼著急趕我走幹什麼，是不是金屋藏嬌不想讓我發現啊？」

傅華笑了笑：「我屋裏亂，怕你見笑。」

趙婷說：「那我就偏要見笑一下。」說完，推開門走進了傅華的房間。

房間裏自然是沒有別人的，只是有些凌亂，傅華趕緊把幾件換洗下來的衣服抓了起來，塞到了床下。

趙婷四處打量著，這是一個單身漢的房間，沒有一絲女性的痕跡，便笑著說：「徒弟，你過得夠清苦的。」

傅華笑著拖了把椅子給趙婷：「坐吧，你以爲我在駐京辦花天酒地啊，我是在這裏工作的。」

趙婷坐了下來：「工作和生活好一點並不矛盾啊。」

傅華笑笑：「我的工作成天都在外面跑，這裏只是一個睡覺的地方，不需要搞得太好。」

說話間，傅華將被子疊了起來，簡單地洗了把臉，然後說：「去辦公室坐吧。」

趙婷站了起來，傅華怕她再見到丁益還是讓丁益下不來台，就叮囑說：「那個丁益是我的朋友，你不喜歡他，別招惹他就是了，別再讓他下不來台了。」

趙婷說：「你怎麼交了這麼個朋友啊？」

傅華笑著說：「怎麼了，我覺得丁益這個人還可以啊。」

趙婷冷笑了一聲：「一看就知道是個紈褲子弟，見了漂亮女人，腳都邁不動了。一副自以爲是的樣子，以爲女人都是該圍著他轉，也不照照鏡子看看自己的模樣。」

傅華哈哈大笑：「我怎麼覺得你說的是你自己啊？」

趙婷眼睛瞪了起來：「傅華，你皮緊了是吧？竟然敢這麼說你老師。」

傅華說：「好了，我跟你開玩笑的。其實，我瞭解的丁益不是你說的這個樣子，他各方面條件都可以，很受女孩子歡迎。說實話，我還是第一次看見他在一個女孩子面前這麼失態，也是第一次見他在女孩子面前吃癟。哎，趙婷，他是不是喜歡上你了？」

趙婷說：「你瞎說什麼，沒大沒小的，有這麼跟老師說話的嗎？」

傅華說：「其實你們倆挺般配的，家世背景也相似……」

趙婷火了：「傅華，你要做媒婆嗎？我趙婷不是嫁不出去，還輪不到你來操這個心。」

傅華見趙婷怒目圓睜，知道她真的生氣了，趕緊說：「好了好了，我不說了還不行嗎？」

趙婷說：「算你聰明。」

倆人出了傅華的房間，到傅華的辦公室，羅雨和丁益已經在辦公室了。

丁益坐在辦公桌的對面，見到趙婷進來，趕忙站了起來，把他的位置讓了出來，說：「趙小姐請坐。」

趙婷因為生氣傅華想給她跟丁益牽線，也有點撇清的意思：「別叫我趙小姐，難聽死了。」說著，並不去丁益讓出來的位置去坐，坐到了離丁益較遠的沙發那裏。

傅華看看丁益並沒有露出惱火的樣子，反而是用一種欣賞的眼神看著趙婷，心裏暗自好笑，這世界上還真是一物降一物，以丁益的脾性，如果是換了別人，早就甩手而去了。

傅華坐到自己的位置上，笑著問丁益：「怎麼樣，房間還滿意嗎？」

丁益瞄了趙婷一眼，然後才說：「滿意，我很滿意。」

傅華注意到了丁益偷瞄趙婷的表情，心裏明白這傢伙還真是喜歡上了趙婷了。

眾人在閒談的時候，羅雨翻看著傅華桌上的北京晨報，忽然停住說：「哎，新聞啊，一對青年男女昨晚在北京郊區臥軌自殺，現在這個社會竟然還有這麼浪漫的人。」

傅華說：「這對情侶怎麼這麼傻？什麼事情解決不了！這一死，可就什麼都煙消雲滅了。」

羅雨說：「傅主任，你這個人就是太實際了，一點不夠浪漫。」

傅華說：「來來，你這個詩人夠浪漫，就這麼浪漫的事情作幾句詩來聽。」

羅雨笑了笑：「你別瞧不起我，我還真有了幾句。聽著啊：

火車，呼嘯而來，
我和我的愛人等待著，
等待著　　等待著軀殼被打破，
好讓我們的靈魂，在滾滾的車輪下，
掙脫桎梏，升騰起來，
比翼成絢爛的蝴蝶。」

趙婷說：「哎，不錯啊，羅雨，叫你這麼一說，好像還真的挺浪漫的。」

傅華眼前忽然又閃過昨晚那個身影，不由得心煩意亂起來，有點暴躁地說：「行了，行了，什麼浪漫啊，我們尊重一下死者好嗎？你們這些詩人就是這樣，喜歡從殘酷的死亡中尋求靈感。」

現場的氣氛一下子變得沉重起來，趙婷瞪了傅華一眼：「怎麼了，傅華，明明是你提出讓羅雨做詩的。」

傅華苦笑了一下：「不好意思啊，我今天不知道怎麼了，老是心緒不寧的。小羅，是我不好，別生氣啊。」

羅雨笑笑說：「沒事，你可能是昨晚沒休息好。」

趙婷也說：「是啊，傅華，我覺得你今天真的有點萎靡，是不是工作壓力太大了？」

傅華笑了笑：「別瞎說，我就是昨晚沒睡好而已。」

丁益看了看錶，說：「傅哥，已經快中午了，今後我可能要打攪駐京辦一段時間，所以今天我來做東，請請大家。」

傅華說：「丁益啊，你沒必要這麼客氣的。」

丁益笑笑說：「應該的，應該的。」

傅華笑著說：「那我們就打一回土豪？」

丁益笑了：「你也別宰得我太狠。」

傅華笑著說：「你是少財東，不宰你宰誰？」

「好了，隨你便。」說著，丁益轉頭看了看趙婷，說：「趙老師一起去吧。」

雖然趙婷對他很冷淡，可是丁益心中卻很喜歡跟趙婷相處，自然不肯放棄一起就餐的機會，所以才發出邀請。他不敢再稱呼趙婷爲趙小姐，可又不知道該怎麼稱呼，就跟著傅華一起叫趙婷爲老師。

趙婷說：「我去幹什麼，我又不是駐京辦的人。」

傅華心中很有撮合趙婷和丁益的意思，這倒不是他不喜歡趙婷，他喜歡趙婷，可那是一種哥哥對任性妹妹的喜愛，他有時還故意惹趙婷生氣，享受那種妹妹在哥哥面前撒嬌的嬌嗔。

傅華明白趙婷喜歡自己，可是他對趙婷就是沒辦法產生那種像當初他跟郭靜那種男女之間的情愫。

傅華說：「趙婷，大家都是年輕人，一起去熱鬧一下吧。再說，你常來我們駐京辦玩，也算是我們駐京辦的編外人員了。」

趙婷很喜歡傅華說她是駐京辦的的編外人員，便笑著說：「既然我算是駐京辦的，我就跟你們去湊湊熱鬧吧。」

於是在附近選了一間還可以的飯店，席間雖然丁益盡力搞熱氣氛，想要討好趙婷，無奈趙婷見傅華始終打不起精神來，有些擔心傅華，就並無心緒去應酬丁益，席間氣氛便顯得有些沉悶。

一行人匆匆吃完，回到駐京辦後，傅華實在撐不住了，就說要去休息一會兒。

趙婷也覺得傅華需要休息，就說：「是呀，你去睡一會兒吧，你的臉色不太好，有點嚇人。」

傅華強笑了一下：「那你們玩，我去睡一會兒。」

趙婷見傅華要離開，就沒了留下來的興致，「我也要回家了，你們玩吧。」

大家就各自散了。

傅華以爲自己休息一下，精神就會好了起來，可是他錯了，自這一天起，一連十幾天，他始終打不起精神，早上起來就蔫蔫的，到了辦公室就坐在那裏發呆。

趙婷幾次來都看到傅華這個樣子，心中十分著急，可是又不知道傅華究竟怎麼了，也不知道該怎麼辦。這天實在忍不住了，就說：

「傅華，你是不是病了?別在家裏呆坐著了，我帶你去醫院檢查一下。」

傅華強笑了一下，「沒事，就是心裏沒勁，我又不發燒又不咳嗽的，看什麼醫生。」

趙婷說：「可是傅華，你這個樣子我看了心裏難受。要不我們出去玩一下，一起打打高爾夫?」

傅華說：「我不想去，你跟丁益一起去吧，他的高爾夫打得肯定比我好。」

趙婷瞅了傅華一眼，不高興地說：「你不去就算了。我走了，不在這看你這個彆扭的樣子了。」

趙婷剛走，傅華辦公室的電話響了起來，看看是井田公司的邵彬，便接通了。

邵彬笑著說：「傅主任，我們的交易，你們的文件到底批沒批下來啊？」

這期間，傅華已經接到過邵彬的幾次電話，催問傅華買地是否被上面批准了。傅華將這件事情跟市政府彙報了，得到了市政府原則上的同意，本來想自己去跟邵彬敲定合同的細節，可是他始終處於這種萎靡的狀態，實在沒有精力辦理此事，所以就暫時拖延了下來。

傅華說：「已經批下來了，只是最近我沒有時間去跟邵總談。」

邵彬說：「既然批下來了，還是早點辦辦好了，你也知道我急著等錢用，你再不落實，我可就要把地賣給別人了。」

傅華說：「邵總，你別急嘛，等我忙過了這一兩天，就過去找你談。」

邵彬說：「傅主任，我不知道你在拖延什麼，大的框架我們都談好了，你忙沒時間，可以派個屬下來，也就是一些細節的問題了，你非得親力親為嗎？」

想想也是，大的價格問題已經談妥了，剩下來的只不過是些付款和過戶的細節問題了，可以交代給林東和羅雨去辦，讓倆人一起去跟邵彬談判，反正又有楊軍在一旁協助，應該不會出現什麼問題。

傅華說：「那好吧，我讓我們駐京辦的林副主任去跟你談吧。」

邵彬說：「行，叫他們到我公司來吧。」

傅華就把林東和羅雨叫了過來，把買地的大體情形說明了一下，叮囑了要注意的細節，就讓倆人去井田公司商談去了。

倆人走後，傅華感覺十分的睏倦，很想睡覺，心中不由得緊張了起來，自己沒理由這個樣子，是不是像趙婷所說的病了？想了想還是去醫院檢查一下爲好，就出門搭了車要去醫院。

在車上，傅華的手機響了，看看是鄭老家裏的號碼，趕緊接通了：

「鄭老，你找我有事？」

鄭莉咯咯笑了：「是我，傅華。」

傅華笑笑說：「鄭莉啊，去看你爺爺？」

鄭莉說：「是啊，我來看我爺爺。我爺爺念叨你了，說你這傢伙很差勁，騙著他回海川達到目的之後，就再也不見人影了。」

傅華被說得不好意思了起來，乾笑了幾下，說：「鄭莉啊，鄭老真的這麼責備我了?你跟鄭老說聲抱歉，我最近很忙，沒抽出時間去看他。」

鄭莉嘿嘿笑了起來，說：「沒有，你別緊張，這些話是我說的。實際上，我爺爺叫我打電話給你，是想中午你來吃頓飯，再忙，吃飯的時間總有吧？」

傅華笑了：「有，有，鄭老召喚我，我馬上就到。」

鄭莉笑著說：「那我就告訴爺爺你來吃飯了。」

傅華說：「好的，我一會兒就到。」

傅華放下電話，就讓計程車司機不去醫院了，直接去見鄭老。

到了鄭老家，鄭老見到傅華很高興，笑著說：「小傅啊，你的架子好大啊，還需要我請你才來。」

傅華笑笑：「鄭老言重了，我最近確實比較忙。」

鄭莉在一旁撇了一下嘴：「你是把我爺爺忘記了才對。」

傅華乾笑了一下：「鄭莉，你可別瞎說，鄭老是我很尊重的長輩，我只是沒時間過來看他而已。」

傅華本來想瞪鄭莉一眼，可是提不起精神，急促之間，話也說得有氣無力的。

鄭莉還想跟傅華爭辯，卻被鄭老阻止了：「小莉，你先別說話了，我怎麼看傅華的情形有些不對啊？」

鄭莉上下打量了傅華：「他這不挺好的嗎？」

傅華也困惑地看著鄭老：「我沒什麼啊，鄭老？」

鄭老搖了搖頭：「不對，你印堂發黑，面色暗沉，說話有氣無力，一點兒精神都沒有，你肯定遇到什麼不好的東西了。」

鄭莉緊張了起來：「爺爺，您可別嚇我，您說的是什麼啊？」

鄭老說：「這要問小傅，小傅，你最近有沒遇到什麼詭異的事情？」

傅華說：「沒有哇。」此刻他還沒有把鄭老說的跟那晚槐樹下見到的身影聯繫起來。

鄭老說：「不對，一定有，你好好想想。」

傅華這才想到了那晚恐怖的一幕：「是有這麼一件事情。」他便把那晚經過的情形講了出來。

鄭老說：「不好了，你可能遇到鬼了。」

鄭莉驚叫了一聲：「什麼，鬼？」

傅華虛弱地笑了一笑：「鄭老，您不會也信神鬼這一套吧？」

鄭老笑了笑：「說實話，我對此是半信半疑的。你知道我受的是老式教育，在老式教育中，鬼是存在的。《說文》中對鬼的解釋是，人所歸爲鬼。《禮記》中也說眾生必死，死必歸土，此之謂鬼。《淮南子》中記載，倉頡做書鬼夜哭。這些古籍中的記載，如果你簡單地把它們歸結爲古人的愚昧，是有點盲目的。」

鄭莉說：「可這總沒辦法證實。」

鄭老笑了笑：「你別緊張，下午我領小傅去雍和宮走走。」

傅華笑了：「怎麼，雍和宮能捉鬼？」

鄭老說：「我在政協的時候，認識了雍和宮的嘉圖洛桑喇嘛，關係很好，記得嘉圖洛桑喇嘛跟我聊過，以前雍和宮有打鬼的儀式。我帶你去，看他有沒有辦法給你解了這一劫。」

傅華其實對中國傳統文化是很感興趣的，而傳統文化中，鬼魂是必不可少的一部分，他看過很多的清人筆記，裏面記載著形形色色的鬼的故事，尤其是紀曉嵐的《閱微草堂筆記》，作爲一代文宗，紀曉嵐畢生只留下這一部著作，裏面皆是一些神神鬼鬼的故事。如今有機會親身印證，傅華當然不肯錯過：

「那我就跟鄭老去見識一下。」

鄭莉也很好奇：「我也跟你們去看一看。」

雍和宮原是雍正皇帝的潛邸，按清代的家法，「凡先皇臨御興居之所，多尊爲佛地」，於是在乾隆九年，派喇嘛駐守，成為了喇嘛寺，是黃教上院。

因為背景這麼深厚，雍和宮中供的佛像和牆壁上畫的佛家故事，都是極為華麗的，傅華看在眼裏驚嘆不已，尤其是萬佛閣的彌勒佛，簡直可以用極品來形容。

這尊巨佛是用一棵白檀樹的主幹雕成的，高二十六米，直徑八米，全重約一百噸，是中國最大的獨木雕像。據說由於雍和宮坐落在柏林寺之右，乾隆帝恐其影響雍和宮的風水，就在雍和宮北部空曠之地建高閣供一大佛，以作靠障，借助佛力保佑平安。雕刻所用的白檀樹是七世達賴喇嘛為報答浩蕩皇恩，用大量珠寶從尼泊爾換來的，由西藏經四川，歷時三年之久才運至雍和宮。這尊大佛體態雄偉，全身貼金，鑲有各種珠寶，光是他身上披的大袍，連裏帶面就用去了五千四百尺黃緞。

在傅華讚嘆雍和宮恢弘的皇家氣度的同時，鄭老領著鄭莉和他輾轉找到了阿嘉佛倉，這裏是雍和宮老年僧人的住所。

嘉圖洛桑見到鄭老十分高興，笑著詢問鄭老的身體狀況，鄭老笑稱還好。嘉圖諾桑笑了：「人老了，身體好是最重要的。」

奉茶之後，嘉圖洛桑問鄭老找他有什麼事，鄭老就指了一下傅華，說：「我這個小朋友遇到點不乾淨的東西，就跑來向你求救。記得以前你跟我說過，寺裏有一種儀式可以打鬼，可不可以為他施行一下？」

行。」

嘉圖洛桑笑了：「你說的是跳布扎，那是很隆重的儀式，只有專門的日子才能實行。」

鄭老說：「那就不能爲我這個小朋友破例一次？」

嘉圖洛桑說：「跳布扎是由眾喇嘛戴著藏傳佛教具有象徵意義的面具，隨著鼓、鈸、莽號等法器的節拍，抑揚進退疾徐有序的舞蹈，爲驅邪逐祟、祈求吉祥的宗教儀式。從佛教上來講，跳布扎是以聖者及眾多護法和他們的眷眾之身分翩翩起舞弘法佈道，消滅諸如『黑魔如絫』之類惡魔邪障，以求天下太平，跟你理解的打鬼是不一樣的。」

鄭莉有點著急地說：「那傅華怎麼辦？」

嘉圖洛桑笑著說：「小姑娘你別急，讓我來看看他。」

嘉圖洛桑上下打量了一下傅華，向他招了招手：「你過來。」

傅華走到了嘉圖洛桑面前，嘉圖洛桑伸出雙手，手心向上，對傅華說：「把你的雙手給我。」

傅華伸出雙手，跟嘉圖洛桑握在了一起，嘉圖洛桑的手暖暖的，很柔和，傅華握起來感到很舒服。

嘉圖洛桑嘴唇開始蠕動，眼睛微閉，念起了佛經，過了一會兒，忽然雙目圓睜，叫道：「咄，女施主，你與傅施主已是陰陽兩隔，你雖不捨，可再糾纏下去就會對傅施主有害。現我已念地藏王菩薩本願經超度於你，你可以走了。」

靜默了一會兒，嘉圖洛桑鬆開了傅華的雙手，笑著說：「好了，她已經走了。」

不知道是不是心理作用，傅華感覺腦海裏一陣清涼，頓時精神了很多，便雙手合十，謝謝大師。

嘉圖洛桑笑笑：「你回去靜養幾日，應該就會無事啦。」

傅華說：「我會聽從大師的吩咐的。」

鄭莉見傅華精神了很多，輕鬆了下來，便笑著問：「大師，您剛才說是一位女施主，看來糾纏傅華的是一個女鬼啊？」

嘉圖洛桑笑著說：「是這樣的，這位女施主前不久因爲一段孽緣往生，其生前與這位傅施主頗有情義，便流連傅施主身邊不去，恰逢傅施主最近時運不濟，就受了些魔祟。」

鄭莉笑了，對傅華說：「哎，想不到你這傢伙還挺風流的。」

傅華卻聽得丈二和尙摸不著頭腦，看著嘉圖洛桑困惑地問：「大師，我不明白你在說什麼，我身邊好像沒這樣的人啊？」

嘉圖洛桑笑了笑：「是你不知道那女子喜歡你而已。其實傅施主你這個人宅心仁厚，事母至孝，本來是受神靈庇佑，不該受此魔祟的。只是人的運氣都是起起伏伏，呂蒙正說過，蛟龍未遇，潛身於魚蝦之間，君子失時，拱手於小人之下。此非他，乃時也、運也、命也。你剛過去一個人生的高潮，此時正是你運氣的低谷期，才會受此一劫。就此機會，我也提醒你一下，人在低潮期的時候，往往會諸事不順，那位女施主雖然被我超度走了，卻不代表你的低潮期已過，奉勸你近期做事要多加小心。」

這一番話說得傅華心中暗自驚詫不已，他還是第一次見到嘉圖洛桑，鄭老和鄭莉也沒講過他的個人情況，嘉圖洛桑竟然一眼就看出他事母至孝，這喇嘛有點神了。

雖然傅華還是沒想到這位所謂的女鬼是誰，但他還是真心實意地說：「謝謝大師提點，我會多加小心的。」

離開雍和宮之後，鄭莉盯著傅華笑問道：「你真的不知道那位往生的女施主是誰？」

傅華苦笑了一下，說：「我腦子裏也在想這人究竟是誰。我身邊的朋友都好好的，沒有誰出事啊。」

鄭莉說：「那你是說剛才嘉圖洛桑喇嘛所說所做的都是假的？」

傅華說：「也不像，大師很誠懇，不像是騙我的，我自己也覺得精神了很多。但這件事情確實有點怪異，我也不知道該信還是不信。」

鄭老在一旁說：「不管怎麼樣，小心無大錯，嘉圖洛桑是出於善意才提醒你的，你要多加注意。」

鄭莉說：「是啊，你相信嘉圖洛桑只有好處，沒有壞處的。」

傅華明白鄭莉的意思：「謝謝你們了，我會多加注意的。」

傅華就此跟鄭老爺孫二人分手。回到辦事處，林東和羅雨已經從井田公司回來了，他們帶回來了談好的合同草案。傅華看了看，很正規的一份土地使用權轉讓合同，看不出有什麼毛病，就讓羅雨將其發回海川市政府，請求市政府批准。

第二天一早，傅華坐在辦公室，丁益找了過來，看到傅華，笑著問道：「傅哥，你吃了什麼藥了嗎？怎麼一下子變得神采熠熠的。」

傅華也覺得自己經過一夜的休息，精神飽滿了很多：「沒什麼，休息好了而已。找我有事嗎？」

丁益笑著說：「你好了就好，你不知道這些天我看你的樣子，真替你擔心。我來找你，是希望你幫我看件東西。」說著將一遝紙遞給了傅華。

「什麼啊？」傅華接了過來。

丁益說：「一個京劇劇本，你看看行不行得通。」

傅華看了丁益一眼：「賈主任同意了？」

丁益笑笑說：「是的，他興趣很大，特別是他對京劇的一些唱腔，很有自己獨到的見解。」

傅華看了一眼劇本，劇本名字叫《劉知遠》，就問道：「這劇本是賈主任寫的？劉知遠是誰啊？」

丁益說：「是的，劉知遠是五代時期後漢的高祖。」

傅華詫異地說：「賈主任怎麼會選了這麼一個人物來寫？很冷僻啊。」

丁益說：「賈主任說了，這是他見到一個諸宮調的殘本，就根據裏面的故事寫了這個劇本。」

傅華簡單地翻看了幾頁，然後笑著說：「還真是像模像樣的，看來賈主任確實在這一方面下了些工夫。」

丁益說：「傅哥，我爸爸說你在這方面是行家，讓你看了之後給點意見。」

傅華笑了：「你父親高看我了，京劇我多少能聽懂一點兒而已，要我看這劇本，我可是無能無力的。」

丁益說：「傅哥，你可別謙虛，給點兒意見吧。」

傅華將劇本遞還了丁益：「你讓我看劇本有沒有缺陷我是不懂，不過我個人認為，這個劇本不行。」

丁益見傅華竟然全盤否定，愣了一下：「傅哥，你爲什麼認爲這個劇本不行呢？賈主任可是很以這個劇本爲傲的。」

傅華笑了笑：「這個劇本換了是別人寫的就沒問題，是賈主任寫的就不太好了。」

丁益越發詫異：「怎麼還分誰寫的啊？爲什麼賈主任寫的就不行了呢？」

傅華笑了笑，說：「你不能光從京劇本身來考慮這個問題，你還要考慮到賈主任的身分。」

丁益說：「這與賈主任的身分有什麼關係啊？」

傅華說：「你先跟我說一下，這台戲的主題是什麼，它歌頌了什麼？」

丁益說：「就是講一個後漢建國的故事，要說主題，可能就是弘揚一種百折不撓的奮鬥精神吧。」

傅華說：「那與這時代有什麼關係？」

丁益笑了：「就是古代一個故事，爲什麼還要與這時代有什麼關係？」

傅華說：「文以載道，歌以詠志。一台戲總有你要表達的觀念，雖然寫的是古代，可是裏面就沒有借古諷今的意思？」

丁益也是個聰明人，馬上就明白了傅華話中想要表達的意思，他看了看傅華，說：

「傅哥是擔心有人在這裏面挑刺？」

傅華笑笑說：「我看你們這麼大的陣仗，大概這台戲編成了就會大範圍公演，到時候會影響很大。雖然這個時代開明了很多，可是別有用心的人總是有的，別到時候把好事做成了壞事。」

丁益嚴肅了起來，說：「看來這題材還不是可以隨便選的，幸虧來問了傅哥你。」

傅華說：「其實我真的覺得你們沒必要這麼搞，你們公司各方面條件都很好，上市申請過會應該沒問題的。」

丁益說：「我爸爸是覺得潘濤既然提出來了，他不參與不太好，而且做了這件事情，能夠對我們公司上市起到一個保險的作用。」

傅華內心中是不願意賈昊這麼做的，他覺得這是一個變相的賄賂，又這麼高調，接受了會對賈昊的發展很不利。於是他說：「現在看上去這件事情並不好辦，你就借我的說辭讓你父親推掉這件事情吧。」

丁益笑著搖了搖頭：「傅哥，這個時候停止爲時已晚。你費費心，幫我們想一下，什麼題材比較合適？」

傅華看了看丁益：「你們非搞不可？」

丁益苦笑了一下：「賈主任對我們公司上市很重要，我們父子容不得這裏面出半點紕漏。我知道傅哥對這種事情有些反感，可是這條路也是你當初幫我們父子鋪的，你善始善終，幫我們想想。」

傅華笑了一下：「嗨，還被你賴上了。其實問題很簡單，你讓賈主任改編一個經典名作不就沒問題了嗎？」

丁益想了想便笑了：「還是傅哥想得周到，我把這件事情跟我爸爸彙報一下，讓他跟賈主任說。」

傅華笑笑說：「這事怪怪的，總感覺彆扭。」

丁益笑笑說：「傅哥，你別不高興，這些事情雖然你看不慣，可是現在大家都在變著法的去做，我們也不能例外。再說，這是很高雅的事情，你就當弘揚了中華的京劇藝術吧。」

一場騙局

工作人員看了看，然後說：「你們被騙了，我猜這本證是用真證拷貝出來的。」

傅華的額頭冒出了豆大的汗珠，腦袋裏一片空白，他已經絕望了，明白井田公司從頭到尾就是一個騙局，他被邵彬生生騙走了一千六百萬。

買地的合同得到了市政府的批准，傅華便邀請楊軍一起去跟邵彬正式簽訂合同。楊軍很高興，「笑著說，我等你這份合同好久了。」

傅華以爲楊軍是想接這份合同的後續工程，便笑著說：「你別擔心，我說過只要價錢合適，這個項目一定給你做。」

楊軍說：「那我先謝謝了，你後續的資金準備的怎麼樣了？」

傅華笑笑說：「等土地使用權過戶後，我就聯繫銀行，抵押土地貸款，啓動項目。」

楊軍說：「銀行系統我還認識幾個人，到時候如果需要，我可以幫你聯繫的。」

傅華笑笑說：「到時候少不了麻煩你。」

倆人高高興興地去了井田公司。邵彬早就等在公司了，合同條款都是談好的，雙方簡單地看了一下打好的合同文本，就蓋上各自的公章，合同正式簽訂了。

邵彬站了起來，伸手跟傅華握手，笑著說：「很高興跟傅主任達成這筆交易。」

傅華笑笑說：「我也是一樣。」

邵彬說：「那你們什麼時間付錢？」

傅華說：「錢已經在駐京辦賬上，按照合同約定，明天我就給你送支票來。你們什麼時間辦理過戶？」

邵彬笑著說：「只要錢一到賬，我馬上配合你們辦理過戶。」

隨後邵彬留二人吃飯慶祝，傅華也沒推辭，很高興地接受了下來。席間，邵彬和楊軍都來吹捧傅華能力不俗，短短幾個月時間就將一個沒什麼作爲的駐京辦搞得風生水起。傅華被吹捧得暈乎乎的，加上買下了這塊土地他心裏確實很高興，對楊軍和邵彬的敬酒也就不加推辭，被二人輪番上陣，幾輪下來就灌得亂醉了，連自己怎麼回到駐京辦都不知道。

醒來的時候已經是第二天一早，傅華頭疼欲裂，強撐著去了辦公室，林東敲門進來，看到傅華的樣子，笑著問道：「傅主任昨晚喝得不少吧？」

傅華苦笑了一下：「昨天跟井田公司正式簽訂了合同，邵總非留我和楊總慶祝，我心裏也高興，就多貪了幾杯。」

林東說：「合同已經簽訂了？真是太好了，我們可以興建辦事處大樓了。」

傅華笑笑：「是，今天我去把錢付了，就可以辦理過戶了，我們的大樓就可以開始動工了。」

林東看了看傅華，關心地說：「你要去井田公司？你這個樣子能行嗎？要不我替你送去吧。」

傅華看了林東一眼，想想只是過去辦理一些具體的事務，讓林東去也沒什麼，便說：「這樣，你跟羅雨一起去，把公章都帶上，陪他們把錢存上，然後讓邵彬帶你們去辦理過戶手續。」

林東就把羅雨叫了過來，傅華又交代了幾句，要二人多加注意，還特別讓林東和羅雨先去土管局看看這宗土地最近權利方面有沒有什麼變動。

從開始接觸井田公司到現在，已經過去了一段時間，傅華生怕其中有變，所以覺得還是讓林東和羅雨先去落實一下比較好。

林東就和羅雨離開了，過了一段時間，羅雨打來電話，說在朝陽區土管局落實了一下，這種土地並沒有什麼變動。傅華說：「那你們就去井田公司吧。」

下午三點多，林東和羅雨回來了，傅華說：「這麼快就辦好了？」

林東說：「還沒辦好，井田公司的開戶行跟我們的不一樣，支票是存上了，可銀行說要確定錢到賬需要三到五個工作日。邵彬說，錢不到賬他不能先給我們辦過戶，所以過戶那些手續都還沒辦。」

傅華心中有些不安：「那你們就這麼回來了？」

羅雨說：「林主任也有些不放心，不過邵彬把土地使用證先給我們了，說用這個押著。」說著，羅雨拿出了這宗土地的使用權證，遞給了傅華。

傅華接了過來，看了看，確實是那天他看到的土地使用權證。

林東說：「我覺得有這個東西押著應該不會有問題。」

傅華點了點頭，他也認爲土地證押在自己手裏，邵彬玩不出什麼花樣來，就算他要去掛失，也需要一定的時間才能辦好，三五天根本就不能做什麼。

傅華將土地證鎖了起來，笑著說：「老林，你和小羅辛苦了，去休息吧。」

三天很平靜地過去了，傅華撥通了邵彬的電話，問道：「邵總，錢到了你的戶頭了嗎？」

邵彬笑了：「傅主任，你別擔心了，兄弟我不會騙你的。」

傅華笑笑：「不是，我想問一下錢到你戶頭上了嗎？」

邵彬說：「昨天銀行沒通知我們到賬，今天是週六，銀行不辦理這種業務的。」

傅華這才想起今天是週六，便有些不好意思：「我真是過糊塗了，都忘記今天是週六了。」

邵彬笑著說：「我能理解傅主任的心情，你放心，只要銀行一通知我到賬，我就通知你。」

傅華笑了笑：「那我就等邵總的電話了。」

週末兩天過去了，星期一，傅華靜等邵彬的電話，可是一直等到晚上，邵彬的電話也沒打來。傅華也不好意思打過去電話詢問，人家已經把土地證押在他這裏了，他一而再地打電話，便有些不禮貌了。

週二的早上，傅華早早的就撥了邵彬的號碼，雖然只是第五個工作日，可加上週末兩天，實際上已經過去了七天了。

電話裏傳來了一個女聲，對不起，你所撥打的電話已關機。傅華愣了一下，旋即寬解自己說，這個電話打得太早了，可能邵彬還沒有起床呢。

耐下心來等了一會兒，再次撥了邵彬的號碼，還是關機。一上午，傅華接連撥了幾次邵彬的電話，傳來的聲音總是說關機。

傅華慌了，他趕忙讓羅雨查詢了辦事處的帳戶，銀行答覆說一千六百萬已被轉走。傅華坐不住了，開了車就往井田公司奔，到了井田公司，辦公大樓已經上了鎖，人去樓空了。

問了一下看門的老頭兒，老頭兒說井田公司的人週五離開之後，就再也沒出現過，看來是跑了，邵彬這個王八蛋還欠他三個月的工資沒付呢。

老頭兒還在罵罵咧咧的，傅華卻已被這個消息打懵了，腿一軟，一屁股坐到了地上。

老頭兒見傅華坐到了地上，連忙來拉他：「你這是怎麼了，你也被邵彬這個王八蛋騙了嗎？」

傅華強自站了起來，他想對老頭兒說聲謝謝，卻怎麼也張不開嘴。這可是一千六百萬呢，就是把自己殺了也賠不起的。

不對啊，井田公司的土地證不還在自己抽屜裏鎖著嗎？傅華心中升騰起一絲希望，轉身上了車就往辦事處趕。到了辦事處，傅華跳下車就往辦公室衝，進了辦公室，趕緊打開抽屜，那本土地證還乖乖地躺在抽屜裏。

羅雨這時進來了：「傅主任，是不是出事了？」

傅華嘆了一口氣：「邵彬跑了，井田公司那裏已經沒有一個人了。我現在要去土管局查一下這本土地證是不是真的。」

羅雨說：「我跟你去。」

傅華沒說什麼，匆匆忙忙往外就走，羅雨跟著他，倆人開車去了土管局。

到了土管局的查詢窗口，工作人員把土地證的證號輸入了電腦查了一下，對傅華說：「這宗土地已經被抵押給銀行了，上週五辦理的抵押登記。」

羅雨急了：「你看錯了吧？既然已經抵押給銀行，爲什麼我們還會有這宗土地的土地證？」

工作人員認真地看了看土地使用權證，然後說：「你們被騙了，雖然表面上看，這本證件跟真的一模一樣，可是從防僞標識這裏就可以看得出來是假的。我猜這本證是用真證拷貝出來的。」

傅華的臉已經煞白了，額頭冒出了豆大的汗珠，腦袋裏一片空白，這個時候他已經絕望了，明白井田公司從頭到尾就是一個騙局，他被邵彬生生騙走了一千六百萬。

一旁的羅雨看傅華搖搖欲墜，連忙攙著傅華坐下來，勸說道：「傅主任，你先別急，也許還有什麼辦法挽救。」

傅華兩手在面前顫抖地揮舞著：「一千六百萬啊，我給駐京辦造成這麼大的損失，我拿什麼來賠啊？」

羅雨說：「傅主任，你別急，別把責任往自己身上攬，事情我們駐京辦的人都參與過，要說有責任大家都該有責任。我知道你每一步都很仔細地考察過，並無疏忽，人家是有心算計無心人，你防不勝防的。」

傅華嘆了一口氣：「不關你們的事，還是我沒有把工作做到位。」

羅雨說：「也不知道當初是誰介紹了這麼個騙子給你，這不是害你嗎？」

傅華說：「你不要瞎說，當初是楊軍介紹這個井田公司過來的，他是出於幫忙的好意，不是故意要害我的。」

羅雨說：「哎，既然是楊軍介紹井田公司過來的，也許楊軍能知道一些井田公司和邵彬的情況，我們是不是找他問一下，也許他能找到邵彬呢？」

傅華此時頭腦清醒了一些，說：「你看我都有點糊塗了，是應該去問問楊軍的。」倆人就匆忙趕到了楊軍那裏，楊軍正在辦公室，看到了傅華和羅雨，笑著說：「傅兄，你怎麼臉色這麼差啊？」

傅華急促地說：「你先別管我，楊兄，你是怎麼跟那個井田公司的邵彬認識的？」

楊軍笑笑說：「怎麼了，出什麼事情了嗎？」

羅雨說：「那個井田公司的邵彬是個騙子，他騙了我們一千六百萬跑了。」

楊軍還是笑咪咪的：「哦，是這樣啊。」

傅華說：「楊兄你到底是怎麼跟邵彬認識的，你現在能不能找到他？」

楊軍笑笑說：「我跟邵彬不是很熟悉的，他跑了，我也不知道去哪裡找他。傅兄啊，當初一見面我就跟你說過，北京這個地方水很深，不是那麼好混的。我那麼苦口婆心地提醒你，你做事怎麼還這麼不小心呢？」

羅雨火了：「你怎麼幸災樂禍啊，不是你介紹這麼個騙子，我們能上這麼大的當嗎？」

楊軍笑笑：「你們招子不亮，被騙了也是活該。」

此刻的楊軍和主動要求幫忙的時候已經是判若兩人，傅華一下子明白了，一開始可能就是楊軍布的局，自己還傻乎乎地以爲他是善意幫忙呢。

傅華看著楊軍：「楊軍，這一切都是你安排的吧？」

楊軍哈哈大笑了起來：「你總算想到了這一點。」

羅雨指著楊軍的鼻子罵道：「你這個王八蛋，你怎麼這麼卑鄙啊，你不怕我們報警抓你嗎？」

楊軍笑得越發囂張了起來：「你報啊，我可沒攔著你。可是你以什麼理由報警啊，難道我好心好意介紹邵彬給你們就犯罪了嗎？」

羅雨說：「你跟邵彬勾結，你們是共同犯罪。」

楊軍笑著說：「對，對，我們是勾結起來，我們是共同犯罪，可是證據呢？你們有證據嗎？法律是講求證據的，警察可不會光聽你們說幾句，就把我一個良好市民給抓起來。你要知道，我的身價雖然不高，可幾千萬還是有的，我在朝陽區也是一個有頭有臉的人物，你們想憑幾句話就怎麼地我，怕是不行啊。」

「你……」羅雨指著楊軍，氣得說不出話來了。

到了這一刻，傅華的心神已經定了下來，他知道此刻慌張是解決不了任何問題的，他看著楊軍，問道：「這麼說，你已經肯定我們找不到邵彬了？」

楊軍笑了：「不錯啊，傅華，你這麼快就想到了問題的關鍵。我不敢肯定你找不找得到邵彬，不過北京市有上千萬的人口，你要想找一個故意藏起來不露面的人，怕是有點像大海撈針。」

傅華說：「這麼說，你一開始就算計好要對付我了？」

楊軍笑了：「你別那麼抬舉自己了，實際上，一開始我還真沒拿你當回事，我只是想從你那兒把這個工程攬下來而已。」

傅華愣了一下：「我有點搞不明白，我跟你一起找地的過程中，我一直很尊重你啊，我也打算買下地之後把這個工程交給你去做，我真的不知道什麼地方得罪了你。」

「到這個時候你就別裝糊塗了。」楊軍冷笑了一聲，「你在海川市長秘書做得好好的，怎麼非要來北京做這個駐京辦主任？說到底，你還不是衝著郭靜來的？」

傅華愣住了：「這關郭靜什麼事？我跟她只是同學關係，並沒有什麼的。」

「你還在我面前裝蒜？」楊軍叫道，「你以爲我不知道你在大學時跟郭靜的關係嗎？」

傅華說：「是，我們那個時候確實是戀人，可是畢業之後就分手了，我和她之間當時也沒做什麼越軌的事情，我想我沒有對不起你。」

楊軍說：「這點我承認，可是你這次回北京呢？你勾引得郭靜又是參加你安排的同學聚會，又是給你搜集資料的。怎麼，想要重溫舊夢啊？」

傅華說：「我沒有要重溫舊夢，同學聚會我也沒有邀請郭靜，那一次我們能碰到一起，完全是一種巧合。再說，你就是信不過我，你也信不過郭靜嗎？她跟你結婚都幾年了，又給你生了兒子，你如果還不相信她，你這個人也太多疑了。」

楊軍說：「我並沒有不相信郭靜，其實我也想給你們一點空間，也想試著跟你做朋友，可是你是怎麼做的？」

傅華說：「我做什麼了？」

楊軍說：「大概是郭靜並沒有上你的當，跟你重溫舊夢，所以你一計不成，再生一計。你竟然到郭靜面前去告我的狀，說我跟外面不三不四的女人鬼混，鬧得郭靜非要跟我離婚，帶著兒子離開我。搞到最後，我父母親自出面去求郭靜，郭靜才答應再給我一次機會。他們母子對我來說是最重要的，你挑唆他們離開我，真是卑鄙透頂了。」

傅華叫道：「我不知道你在說什麼，我從來沒有在郭靜面前說過一句你的壞話。」

楊軍冷笑了一聲：「傅華，你真夠虛僞的，到這個時候了你還給我裝。不是你跟郭靜說我跟孫瑩有曖昧關係又是誰？你別以爲我沒想起來那次在去廣州的飛機上見到你的情形，你當時明明是想跟孫瑩打招呼的，可是孫瑩不想應酬你，所以你當時愣了一下。」

傅華一下子明白了，郭靜並沒有說出揭露孫瑩跟楊軍曖昧關係的人是趙婷，讓楊軍把這筆賬誤會到了自己頭上。這真是陰差陽錯啊。

傅華苦笑了一下：「不管你相不相信，這件事情不是我揭露的。再說，你既然那麼重視郭靜母子，就不應該去拈花惹草。」

楊軍說：「你懂什麼，男人在外面為了應酬，難免要逢場作戲，難不成你跟朋友一起玩，別人都依紅偎翠，你卻故作清高？這樣下去，沒幾天人家就不帶你玩了。你說不是你揭露的，那又會是誰？我想來想去，郭靜的朋友中，只有你認識孫瑩，也只有你可能做這件事情。說起來，你他媽也不是什麼好東西，你不去玩，又怎麼認識孫瑩？還有臉來教訓我。」

傅華搖了搖頭：「我可以對天發誓，真的不是我。楊軍，你真的誤會我了。」

楊軍冷笑了一聲：「事情已經到了這一步了，你說什麼都沒用了。我勸你早點回去收拾收拾洗乾淨屁股，等著去坐牢吧。」

傅華火了：「楊軍，信不信由你，反正我沒挑撥你們夫妻之間的關係。你也別得意，我就不信找不出來那個邵彬，你等著吧，看我們倆誰會去坐牢。羅雨，走，我們去報案。」

倆人氣沖沖地離開了楊軍的辦公室，就去了朝陽區京南派出所，說要報案，一名警官接待了他們。

警官拿出了記錄本：「你們要報什麼案？」

傅華說：「我們是海川市駐京辦事處的，我們被井田公司詐騙了一千六百萬。」

警官說：「談談具體情況。」

傅華就講述了事情的來龍去脈，警官聽完，沉吟了半晌，然後說：「這個案子很複雜，既然這裏面你們跟井田公司簽訂了合同，這似乎還構不成犯罪，應該算是金錢糾紛。公安部是有明確規定的，公安部門是不可以插手金錢糾紛的。」

傅華急了：「我們被騙了一千六百萬哪，這一千六百萬是政府的錢，是國家財產，國家財產被詐騙了，怎麼還構不成犯罪？」

警察似乎見慣了這種場面，好整以暇地笑笑：「這位先生你先別著急，你聽我說，你這件事情確實牽涉到的法律規定比較模糊。我們派出所辦案子是要守規矩，要依法辦事的，所以你這個案子嘛，要經過所裏的領導研究，要不這樣，你們先回去，領導研究出結果來了，我再通知你們。」

羅雨說：「警察同志，這件事情很急，不能慢慢研究的，你慢慢研究，犯人不知道早就跑哪裡去了。」

警察笑笑：「小同志，你稍安勿躁，羅馬也不是一天建成的，我們辦事是要按照程序來的。你們放心，只要是構成犯罪，我們一定會竭盡全力將犯人繩之以法的。」

傅華有些無奈地說：「警察同志，能不能麻煩你馬上給我們彙報一下？這件事情對我們很重要，遲了可能罪犯就逃跑了。」

警察搖了搖頭說：「所裏的領導出去了，要彙報現在也不行。還是那句話，他們逃不掉的，你們放心回去等消息吧。」

傅華和羅雨面面相覷，都苦笑了一下，他們滿心希望來到公安局報上案，就可以把邵彬和楊軍繩之以法，現在看來他們想得太天真了，能不能立上案都是一個問題，更別談將邵彬和楊軍繩之以法了。

看來楊軍早就瞭解了這一點，這才囂張地聽任傅華和羅雨報案。

傅華和羅雨滿心沮喪地走出了朝陽區京南派出所，傅華明白事情到了這般地步，損失已經是無法避免了，看來他需要承擔起這個責任來了。

傅華苦笑了一下，這世界真是變幻無常，前幾天自己還是為海川市拉來融宏集團的功臣，風雲一時的紅人，轉瞬間就變成了給駐京辦造成一千六百萬巨額損失的罪人，甚至可能會因此承擔失職責任，鋃鐺入獄。

但不管怎麼樣，自己是要勇於承擔起責任的，當初母親離世的時候交代過自己，不論什麼時候都要笑著去面對。這件事情是自己做事疏忽造成的，就必須勇敢的承擔。

傅華開始琢磨該如何跟曲煒彙報這件事情，當初曲煒那麼提醒他，要謹慎，可他被融宏集團的成功沖昏了頭腦，自我膨脹，根本就沒聽進曲煒的警告。看來古人說的滿招損，謙受益真是很有道理。

這一次真的是血的教訓，夠自己吸取一輩子的了。

一路上，羅雨也是沉著臉不說話，回到駐京辦，趙婷和丁益都在傅華的辦公室坐著。

趙婷是來找傅華玩，聽劉芳說駐京辦出了大事，就留在辦公室，想等傅華回來問問情況。

趙婷和丁益看到傅華進來，都站了起來，趙婷急聲問道：「傅華，聽說你被騙了，到底怎麼回事？」

傅華苦笑了一聲：「是，我們被騙了一千六百萬。」

趙婷急了：「傅華，這麼大的損失，那你可怎麼辦？」

羅雨在一旁叫道：「趙婷，你別假惺惺的了，都是你那個什麼表哥設的圈套，騙得傅主任好慘，你還來假裝關心傅主任幹什麼？」

趙婷驚叫了一聲：「是我表哥？不會的，我表哥不會這麼做的。」

羅雨叫道：「什麼不會，他剛剛在我們面前親口承認的。你們這家人就是會裝，你表哥裝作好心人幫傅主任找地，實際上就是爲了要騙他，你又來裝無辜，你們真是……」

「羅雨，你給我閉嘴。」傅華打斷了羅雨的指責，「趙婷和楊軍不一樣，她與這件事情無關的。」

趙婷看著傅華：「傅華，真是我哥做的？」

傅華點了點頭：「好了，趙婷，你別管了。今天這個情形你也看到了，這裏的氣氛不適合你留下來了，你先回去吧。」

趙婷說：「不是，究竟我哥爲什麼要這麼對待你啊，你不讓我弄明白原因，我是不會走的。」

羅雨說：「爲什麼？還不是你哥心眼兒小，硬是誣賴傅主任揭露他跟什麼孫瑩之間的不正當關係，要破壞他們夫妻關係。」

趙婷驚叫了一聲：「什麼，我哥把這筆賬算到了你頭上？傅華，你爲什麼不跟他實話實說，告訴他事情是我告訴郭靜的？」

羅雨叫道：「原來事情是你做的，你們家自己的事情還要誣賴別人，真是不可理喻。你還不趕緊去找你哥，讓他把錢退還給我們！」

傅華叫道：「羅雨，你瞎說什麼。」

趙婷拉了一下傅華的胳膊：「傅華，你別著急，既然事情是這樣，羅雨說得也有道理，我馬上去找我哥，讓他把錢退給你。」

傅華苦笑了一下：「趙婷，事情不是那麼簡單，這只是一個藉口，楊軍是不會把錢退出來的。」

趙婷說：「我哥還不是那麼喪心病狂的人，我相信能夠勸服他的，你等著，我這就去。」

傅華沒再說什麼，雖然他認爲趙婷不可能勸服楊軍，可是心中也抱有一絲希望，也許楊軍真的良心發現了呢？

趙婷走了，丁益看著傅華問道：「傅哥，究竟怎麼回事啊？」

這時林東和劉芳也來了，大家都看著傅華，想要瞭解具體情況。

傅華疲憊地笑了一下，把事情的來龍去脈講了一遍。聽完，丁益面色沉重，說：「傅哥，如果僅是個幾百萬，我們公司勉強還能幫你墊上這筆錢，一千六百萬，我們也無能爲力。」

傅華苦笑了一下：「丁益，不關你們的事，你有這個心我就很謝謝了。」

林東說：「傅主任，你這件事情真是做得太莽撞了，我說那個邵彬不可靠吧，你卻不信，非要跟他做這筆交易。」

羅雨急了：「林主任，你什麼時候說過那個邵彬不可靠來？你在井田公司跟邵彬喝酒的時候可是稱兄道弟的，這時出事了你又變成說他不可靠了。我告訴你，這件事情你也是有參與的，別要承擔責任了，你就想逃避。」

林東叫道：「本來這件事情就是傅主任一手操作的，關我什麼事？」

羅雨說：「你別把責任都往傅主任身上推，合同是你領著我一起去談的，你……」

傅華叫道：「你們別吵了，這件事情是我要做的，你們做的事情都是我安排的，現在出了事，責任就應該我自己一個人承擔。老林、羅雨、劉姐，你們該做什麼做什麼去吧，給我點時間考慮一下，看看下一步怎麼做。」

羅雨說：「傅主任，你不能……」

傅華揮了揮手說：「你先出去吧，羅雨。」

羅雨和林東、劉芳出去了。

丁益看了看傅華，說：「這個老林真是不上道。」

傅華苦笑了一下：「人都是趨利避害的，他這麼做也很正常。」

丁益問道：「下一步你打算怎麼辦？」

傅華說：「還能怎麼辦，把事情彙報給市政府，請求市政府給我處分吧。」

丁益說：「一千六百萬，這個損失不是個小數目，怕是處分不會輕了。」

傅華點了點頭：「再重，也要有人承擔，估計駐京辦這裏我是幹不下去了。人其實挺好笑的，前幾天我還雄心勃勃要大幹一場，現在卻要灰溜溜地離開，哼哼，真有意思。」

丁益說：「傅哥，你別擔心，我想曲煒市長對這件事情不會坐視不管的。」

傅華苦笑了一下：「你不瞭解曲煒市長，在一些原則性的問題上，他是不會讓步的。唉，我現在都不知道該跟他怎麼彙報這件事情。」

丁益說：「你也別太著急，車到山前必有路的。」

傅華笑了笑，正要說什麼，手機響了，是趙婷的電話，便接通了。

趙婷帶著哭腔說道：「傅華，我哥他就是不肯把這筆錢吐出來，雖然我向他承認了是我跟郭靜說的那件事情。可是他說他與騙你的那個邵彬沒有關係，他也沒見到過什麼錢，憑什麼退錢給你？你說我哥怎麼變得這麼無賴啊？」

最後的一點希望也沒有了，傅華心裏反而淡定了下來：「趙婷，我說事情沒這麼簡單。這件事情你別管了，你回家去吧。」

趙婷說：「我怎麼能不管呢？當初是我把你錢批下來的事情透露給我哥的，孫瑩的事情也是我說出去的，你被我哥騙完全是因我而起，我怎麼能不管呢？」

傅華笑笑說：「趙婷，你別把責任往自己身上攬，事情你不透露給你哥，說不定我也會找他的。再說，整個過程都是我跟你哥在打交道，是我在下判斷，出了問題也是應該由我來負責的，不關你的事情，你別自責。」

趙婷說：「不行，這件事情都是我害你的，我一定要解決，否則的話，我會自責一輩子的。你等著，我會找出解決辦法來的。」

傅華笑笑說：「好了，趙老師，這是學生自己的問題，讓我自己解決好不好？」

趙婷說：「都這個時候了，你還有心情開玩笑？」

傅華說：「我媽說過了，不論在什麼時候，都不能哭，要笑著面對一切。」

趙婷也笑了，說：「好，你有這個心態是好的，你等著，我已經想到辦法幫你解決了。」

傅華說：「什麼辦法？」

趙婷說：「你等著吧，肯定能幫你解決問題。」

傅華說：「你可別胡來啊？」

趙婷說：「你放心吧。」

放下電話，丁益看著傅華，說：「趙婷這女孩子還挺仗義的。」

傅華笑笑說：「她是一個直率的好女孩，我看得出來你很喜歡她，以後我不在駐京辦了，你多找她一起去玩。其實原本我是想撮合你們的，現在看時間來不及了。」

丁益苦笑了一下，說：「傅哥，你是真不知道還是裝糊塗，你不知道趙婷喜歡的是你嗎？你看出了這件事，趙婷多爲你著急啊？」

傅華笑了笑：「我多少可以感覺出來，可是總覺得我們不太適合。」

丁益說：「你討厭她嗎？」

傅華搖了搖頭：「怎麼會，趙婷這女孩子直率了一點兒，可是還是很可愛的。」

丁益說：「那你怎麼會覺得你們不適合？如果有一個女孩子處處爲我著想，我不知道要多高興啊。哦，我明白了，你是在拿她跟你的舊情人比較是吧？那個郭靜大概跟她是兩路人對吧？」

傅華笑了笑：「她們確實是兩種性格的人，不過你說我在拿她們比較，這個我好像沒感覺到。」

丁益說：「這個是不自覺的。」

傅華說：「好了，現在說這些也沒用了，現在我讓駐京辦損失了一千六百萬，下一步可能不但要離開駐京辦，甚至可能承擔刑事責任，我的前途渺茫，跟趙婷更沒有機會發展了。現在機會給了你，希望你好好把握吧。」

丁益說：「這個不是你想怎麼樣就怎麼樣的，我看趙婷似乎對我一點都不感興趣。

而且，傅哥，你也別急，事情還沒到山窮水盡的地步，也許還有轉機呢？」

傅華笑了：「你還真以爲趙婷能把問題解決了?別妄想了，楊軍那傢伙是一個生性涼薄的人，不會顧念親戚關係把錢還出來的。」

很快就到了吃晚飯的時間，傅華奔波了一下午，此刻已經十分餓了，就笑笑說：「丁益啊，你來辦事處住我還沒請你吃過飯呢?今晚我請你吃飯。」

丁益苦笑了一下：「傅哥，都這個時候了你還有心思請我吃飯？」

傅華笑著說：「不管發生了什麼事，飯還是要吃的，這可能是我在辦事處最後的晚餐了。走，叫上林東、羅雨他們，我們出去好好吃一頓。」

丁益說：「行，傅哥你有這個氣度，我也就不掃你的興，今晚我們不醉不歸。」

傅華笑了：「這就對了嘛，不醉不歸。」

倆人就站了起來，要外出喝酒。這時傅華的手機響了，看看是一個陌生的號碼，便很詫異，這個時候還有誰會打來電話啊?

傅華接通了，說：「哪位？」

對方說：「我是趙凱，我想你應該聽說過這個名字吧？」

趙凱，傅華在腦子裏想了一下，忽然想起趙婷的父親就叫趙凱，就笑了笑，說：

「您是趙婷的父親吧？」

「對，是我。」

「叔叔您好。」

「我那套鄧祿普球桿是在你那兒吧？」

「對啊，是在我這裏。趙婷說是借我用的，叔叔你要是要用，什麼時間我給您送回去。」

「不用了，就放你那兒吧，我如果拿回來，趙婷那丫頭又要跟我鬧了。」

「我可能在北京待的時間不會太長了，這套球具放在我這裏也沒什麼用處了，還是什麼時間給您送回去吧。」

「球桿的事先放放，你現在有時間嗎？」

「我現在沒什麼事，剛想請朋友一起吃飯去。」

「你這傢伙倒挺樂觀的，這時候還有心情請客吃飯，哈哈，有意思。好了，跟你的朋友說改天吧，我現在想要見見你。」

傅華猜測到可能是趙婷跟他父親說了自己被騙的事情，求他父親幫忙，就說道：

「您是不是想跟我談楊軍的事情啊？」

「對啊，怎麼，不想來嗎？」

「這件事情是我搞砸了的，我自己會把責任承擔起來，就不麻煩您了。您替我謝謝趙婷，我知道她是一番好心想幫我。」

趙凱愣了一下：「嘿嘿，你知道多少人想見我都不能，現在我請你你還不來，你這個傢伙夠傲氣的。好了，現在問題是這樣的，楊軍這件事情，趙婷認爲她也要承擔一部分責任，事情得不到解決，她不會安心的。所以爲了趙婷，能不能就請傅主任賞臉來跟我見一下面，我們商量一下，也許問題還是有解決辦法的。」

傅華不好意思地說：「叔叔您別這麼說，您在哪裡?我去見您。」

趙凱說：「我在一家私人會所裏，你找不到的。你現在在駐京辦嗎?」

傅華說：「我在。」

「那你等著，我讓司機去接你。」

放下電話，傅華對丁益說：「不好意思，客要改天請了，趙婷的父親要見我。」

丁益說：「沒事的，你去看看，也許趙婷的父親能救你呢。」

通匯集團

趙凱說：「我想你把賬平了之後，離開駐京辦。你要是想工作，就到通匯集團來，我可以給你一個不低的職位，如果你不想再工作了，你就陪在趙婷身邊好了。」

傅華笑了：「叔叔您是想用這一千六百萬買我陪著趙婷？」

趙凱的座駕是一輛黑色的賓士，穩重而不張揚。司機開著車，將傅華帶到了一個並沒有什麼明顯標誌的房子前面，門口甚至連門衛都沒有。

司機領著傅華進了一間包廂，裏面一個看上去只有三十多歲的男人坐在那裏，看到傅華進來，站了起來，伸出手來，說：「你好，傅華。」

傅華打量了一下男人，依稀可以看得出跟趙婷相似的輪廓，雖然遠看上去很年輕，近看就可以看出歲月給他留下的魚尾紋，傅華知道這就是趙凱了，笑著跟他握手，說：「您好，趙叔叔，想不到您看上去這麼年輕。」

趙凱笑了：「男人只要注意一點兒，是比女人抗老的。坐吧。」

傅華就到趙凱旁邊的沙發上坐了下來：「不好意思趙叔叔，我做事不周到，還要牽連您擔心。其實這件事情都是楊軍在搞鬼，趙婷並沒有做錯什麼，要說有過失也是無心之失，您可以幫我跟她解釋一下，讓她不要自責了。」

「這件事情呢，我已經聽趙婷說了，傅華啊，你到這個時候還能把責任一肩扛起，不諉過他人，是條漢子。其實你說的這些，我都跟趙婷說過了，可這丫頭不聽我說的，非要我出手幫你把問題解決了，甚至說什麼要把她在通匯集團的股份作價一千六百萬賣給我，她好拿著錢去救你。」

傅華有些感激地說：「趙婷對我太好了，其實這個問題我真的可以自己解決的。」

趙凱看了傅華一眼，說：「你怎麼解決？自己把責任扛起來？你知道讓市政府損失一千六百萬，這可是你的失職，怕到時候就是撤掉你，也不能抵消你的錯誤。」

傅華苦笑了一下：「我知道，我可能為此坐牢，我已經有這個心理準備了。」

趙凱愣了一下，看了傅華一眼說：「難道說你不怕嗎？」

傅華說：「老實說，我怕，可是自己做的事情，責任應該由自己承擔。」

趙凱說：「你要知道，如果你去坐牢，可能你這輩子就完了。」

傅華苦笑了一下：「這些我都想過了，但有時候男人就應該有肩膀，扛起自己應該扛起的責任。」

趙凱喊了一聲：「好！趙婷還是有眼光的，沒看錯人。可是傅華，你想過趙婷沒有？你想過她的感受沒有？我這個女兒是我們家的寶貝，她奶奶在的時候，她就是她奶奶的開心果，我是決不能讓這丫頭有一點不開心的。從趙婷央求我的情形來看，她是很喜歡你的，你進了監獄，這丫頭一定不會開心，尤其是某些方面，她多多少少對你的被騙也是有那麼一點關係的，你讓她在外面怎麼過？天天內疚嗎？」

「這個我倒沒想過，回頭我再好好跟趙婷說一下吧，我想把事情跟她說開了，應該就沒事了吧？」

「那如果不行呢？」

「那我也沒辦法了，我現在的處境相信您也可以理解，我沒辦法兼顧的。」

「我知道這不能怪你，我也能諒解你，可是這無助於問題的解決。我想了一下，倒是有一個辦法可以做到皆大歡喜。」

傅華看了趙凱一眼：「什麼辦法？」

趙凱拿出了一張支票放到傅華的面前：「這件事情明顯是楊軍不對，但楊軍的父親當年在起步的時候給了我不少的幫助，我不能出手對付他的兒子。那剩下來解決問題的辦法只有錢了，這是一千六百萬，你可以拿去把辦事處的賬平了。」

傅華愣了一下：「您要出錢幫我平賬？」

趙凱說：「對，對我來說，女兒遠比這一千六百萬重要。」

傅華說：「我對您這種愛護女兒的舐犢之情十分欽佩。可是我沒有理由接受您這筆錢的，我不能要。」

趙凱笑了笑：「不是白給你的，我有條件的。」

傅華笑了：「我不知道我還能爲您做什麼？」

趙凱說：「這件事情也只有你能做，我想你把賬平了之後，離開駐京辦。你要是想工作，就到通匯集團來，我可以給你一個不低的職位，如果你不想再工作了，你就陪在趙婷身邊好了。」

傅華笑了：「叔叔您是想用這一千六百萬買我陪著趙婷？」

趙凱說：「我是想買我女兒的開心。我看得出來，雖然趙婷很喜歡你，可是你對她卻不如她對你那麼在乎，這一千六百萬我給你，是希望你對我女兒好一點兒，讓她開心一點兒。」

傅華看了趙凱一眼，將支票推回了趙凱面前：「叔叔，您這種做父親的心情我能理解，可是我更不能接受您這筆錢了。您想過沒有，我如果失去了自己的意志，趙婷還會喜歡我嗎？到時候您還不是白花了錢？」

趙凱說：「趙婷是不會喜歡一個唯唯諾諾的男人，不過，那是以後的事情了，如果有一天趙婷不喜歡你了，你就可以離開了。眼下，她還喜歡你，你的責任就是讓她開心。」

「不管多少錢，我是不會出賣自己的，這張支票我不能收，如果您沒有別的事情，我可以離開了嗎？」

趙凱失望地看了傅華一眼：「你這個年輕人怎麼這麼倔呢，我就不明白了，你就這麼討厭趙婷嗎？」

傅華搖了搖頭：「我並不討厭趙婷，甚至還有些喜歡她。可是如果我要得到她，我一定要憑自己的能力去把她追到手，而不是被您收買，假心假意地陪伴她。」

「你這個人怎麼這麼不通情理啊，你拿了錢，解決了自己的問題，我女兒見你沒事也會很高興，皆大歡喜，多好哇。」

「問題不在這裏，問題是如果我拿了這筆錢，我就無法再去面對趙婷了。既然您沒有別的事情，我走了。」傅華說完，站了起來，走出了包廂。

在會所外面，秋風吹過，傅華渾身一陣涼意，忍不住打了一個寒顫，他知道自己即將面對的是從所未有的困難局面，心中竟然有了幾分風蕭蕭兮易水寒的悲壯感覺。

這一夜，傅華既然已經決定承擔一切，也就安安心心地睡了一晚，醒來的時候，已經是九點多了，洗了一把臉之後，他就要去辦公室準備打電話給曲煒，彙報一下這件事情。

門在這個時候被敲響了，傅華打開門，見趙婷站在門外，就笑了笑說：「你怎麼這麼早就過來了？」

趙婷看著傅華，說道：「我聽我爸爸說你拒絕了他的幫助，傅華，你究竟想幹什麼？你也明白現在的處境，為什麼這麼傻，就是不肯接受我爸爸的幫助呢？」

傅華笑了笑：「一千六百萬，我可能一輩子都賺不到這些錢，我沒有理由去接受的。」

趙婷說：「你是不是因爲我爸爸提出的條件才不接受的？」

傅華說：「你爸爸都跟你說了？」

趙婷苦笑了一下：「是啊，他跟我說當時他提出要你離開駐京辦，陪著我。他自小寵我寵慣了，什麼事情都願意替我打算，其實他是想多了，我這麼好的女孩子怎麼會沒人要呢，何必非要拿錢買你跟我在一起呢？支票我又拿來了，我不要任何條件，只是想你能把問題解決了，行嗎？」

說著，趙婷拿出支票遞到了傅華的面前，傅華被深深地感動了，這個女孩子是在全心全意地爲他打算啊，這世上的女人除了母親，就連郭靜也不曾對他這麼好過。

傅華並沒有去接支票，苦笑了一下：「趙婷，我不值得你對我這麼好的。」

趙婷說：「都跟你說了，沒有任何附加條件的，如果還不行，就當我借給你的，你可以慢慢還。傅華，我求求你，接下這張支票吧，我真的不想你出什麼事情。」

「你別說了。」傅華一把把趙婷擁入了懷裏，緊緊地抱住了她：「趙婷，你對我真是太好了。」

趙婷愣了一下，旋即也抱緊了傅華：「你這個壞蛋，誰叫我一見到你就喜歡上了你呢。」

傅華低下頭，吻住了趙婷的櫻唇，趙婷嚶嚀了一聲，似拒還迎，嘴唇就被傅華侵略的舌頭挑開。一陣窒息般的眩暈，趙婷的身子頓時癱軟了，香舌就和傅華的舌頭交纏在了一起……

不知道時間過去了多久，傅華和趙婷仍然緊緊擁吻，倆人都有點不捨得分開的感覺。

傅華的手機響了，一下子驚醒了沉浸在美好之中的兩人，趙婷輕輕捶了傅華一下，滿面通紅地從傅華懷裏掙脫了。

傅華幸福地笑了，拿出手機看看是賈昊的號碼，接通了：「師兄，你好。」

「師弟啊，丁江把你對劇本的意見跟我說了，把我驚了一身冷汗出來，幸好他拿去問了問你，否則真要出什麼問題就不好了。謝謝了。」

「師兄太客氣了，我只不過談了一點兒個人意見而已。」

「要謝的，你提醒得很對。哎，最近有沒有時間，出來打打高爾夫，我們碰碰頭，商量一下究竟選什麼題材比較好？」

傅華有些爲難了，眼下他的狀況是朝不保夕，實在是顧不過來賈昊這件事情：「是這樣，師兄，辦事處現在出了點兒事，我需要點兒時間處理。」

「什麼事情啊，需要我幫忙嗎？」

「一點兒急事，我自己能處理，就不麻煩師兄了。一有時間我就會打電話給你，好嗎？」

「行啊，我不著急，你的工作要緊，那我掛了。」

傅華掛了電話，微笑著看著趙婷，趙婷一臉嬌羞，便去捶傅華：「你這傢伙，裝可憐來趁機欺負我。」

傅華一把抓住了趙婷的手，看著趙婷的眼睛，笑著問道：「趙婷啊，你說我這個人玩不會玩，衣著又老土，你怎麼會喜歡我呢？」

趙婷趁勢偎依進了傅華懷裏，嬌羞地說：「我也不知道為什麼，反正我見到你就很開心，你高興我也高興，你不開心了，我也不開心。有人說愛本身就是沒有理由的，也許這就是了吧。」

傅華輕輕揉搓著趙婷的小手，問道：「那如果我有一天真的坐牢了，你還會喜歡我嗎？」

「喜歡，不論你成什麼樣子了，我都會喜歡的。」趙婷說完，忽然意識到了什麼，抬起頭看著傅華，警惕地問道：「你怎麼又說這種話，難道你還是不肯接受支票？」

傅華說：「我如果拿了你這張支票，我在你和你的家人面前永遠都會抬不起頭來，你希望我這個樣子嗎？」

趙婷說：「我們既然相愛，應該不分彼此的，你如果覺得這錢是我爸爸的，我可以將我在通匯集團的股份讓給他抵這一千六百萬，我的錢你總可以用了吧？」

傅華說：「問題不在這裏，問題是我如果拿了這筆錢，我會感覺在你面前抬不起頭的。」

趙婷說：「看來我爸爸對你分析的真對，都是你那所謂的自尊心在作祟。」

傅華笑了笑說：「不是所謂的自尊心，是必須有的自尊。一個男人如果沒有了自尊，就等於他沒有了脊梁。你還沒回答我，如果我真的需要去坐牢，你還會喜歡我嗎？」

趙婷笑了：「你以為我好不容易抓住了你，還會再放你離開我嗎？」

傅華感激地摟緊了趙婷，說：「謝謝你，趙婷，你讓我感覺我在這世界上不再是孤單的了。」

「其實，你也不用太擔心，我父親問過律師了，你雖然被騙了，可是整件事情中你並沒有什麼過失，應該不需要承擔什麼刑事責任，就是要承擔，頂多也只是一個緩刑，不會太過嚴重的。只是，你的駐京辦主任怕是再也幹不成了。你如果覺得沒了官做不開心，你可以到通匯集團去，我爸爸至少也會給你個公司管管，比做你的駐京辦主任強多了。」

情。」

「駐京辦主任對我來說無所謂的，如果做不成，我可以下來做一點兒自己的事

趙婷笑了：「怎麼，不願意到我父親那裏去？」

傅華搖了搖頭：「我不想依靠這種關係，我想發展自己的事業。」

傅華看著趙婷，說：「我要打電話跟我們的市長彙報這件事情了。」

趙婷握緊了傅華的手，她知道這一彙報上去，傅華能夠得到什麼樣的處分很難預料，便笑了笑：「我會跟你一起面對的。」

傅華也握了一下趙婷的手，雖然事情的最終結果還是需要自己承擔，但在這個最困難的時刻，有人站起來說要跟你共同面對，你會感覺到一種精神力量的支持，似乎要面對的困難也沒那麼強大了。

傅華撥通了曲煒的手機，把事情的來龍去脈講了一遍，曲煒驚叫了起來：「什麼，你被騙了一千六百萬？你怎麼這麼不謹慎啊？」

傅華苦笑了一下：「對不起，曲市長，我被人算計了。」

曲煒著急地說：「傅華，我當初是怎麼叮囑你的？你怎麼就不聽呢？」

傅華說：「我已經十分注意了，可是……」

曲煒打斷了傅華的話，叫道：「你注意了還會被人騙去一千六百萬？不要狡辯了。」

傅華說：「對不起，曲市長，我不想推脫，我願意承擔一切責任。」

曲煒嘆了一口氣：「那你現在打算怎麼辦？」

傅華說：「我請求組織上給我處分。」

曲煒想了一會兒：「處分是一定要給的，可是這個不是現在要考慮的，眼下首先要考慮的是，如何挽回損失。你們報案了嗎？」

「是，不過警方說這個案子可能算是金錢糾紛，公安部不允許警察參與金錢糾紛的。」

「傅華啊，你要知道，這件事情立不立案可關係到你的切身利益，立案了，你就是詐騙案件的受害人，只要你在其中沒有什麼受賄的或者嚴重失職的行爲，你就可以不受刑事追究。如果不立案，你就是造成這一千六百萬損失的直接責任人，恐怕你就必須要承擔一定的刑責了。」

「我明白。」

「既然你明白，那趕緊發動你在北京的一切關係，先把案子立上去，你知道嗎？」

「好的，我馬上去做。」

「至於市裏面，你先不要擔心，孫書記那裏我私下會跟他說一聲，你那裏有他的耳目，這個不說不行。我認爲你目前這個狀態，職務暫時不宜做變動，你必須把這一千六百萬的問題解決了才行。我想孫書記也會贊同我這個看法的。所以你趕緊想辦法把那個井田公司的老總找出來，如果能將這一千六百萬追回來，什麼問題都可以迎刃而解。」

「我一定竭盡全力。」

「傅華啊，我當初派你到駐京辦，最怕的就是你沒有獨當一面的經驗，會吃虧上當，想不到還真的出了問題，越害怕什麼偏偏越來什麼。」

傅華低聲說：「對不起，曲市長，我辜負你的信任了。」

曲煒說：「現在說這些也沒用了，也好，這件事情讓你可以充分瞭解這世界是複雜的，吃一塹長一智，你好好吸取這個教訓吧。」

曲煒掛了電話，傅華看看趙婷，在通話的期間，趙婷一直緊握著他的手，傅華知道她緊張自己可能遭遇的處分，便笑了笑說：「好了，事情比我想的要複雜，我暫時還不用受處分。」

趙婷擔心地說：「可是如果你找不到這個井田公司的老總呢？」

傅華說：「不是還有警方在嗎?我就不相信會找不到。」

「警察這邊你需要找找關係的，可惜我爸爸不願意跟我哥為敵，不然找他就可以了，他跟朝陽區這邊的警方還是很熟的。」

「趙叔叔那天跟我交代了他的立場，我理解他，你們畢竟是親戚，他參與以後就不好相處了。你別為我擔心了，我自己會想到辦法的。」

趙婷看著傅華：「你行嗎？你到北京來的時間並不長，能夠找到人嗎？」

傅華說：「我試試看吧。我要出去找找朋友，你先回去吧。」

趙婷說：「我跟著你一起跑吧，也許我能幫上你點兒忙。」

傅華笑笑說：「不要了，你回家吧，我不想讓你跟著我擔心。」

趙婷說：「我就是回家了，也會牽掛你這邊的情形的。」

傅華說：「我會隨時跟你彙報情況的，你先回去吧。」

趙婷看了傅華一眼：「好吧，我等你電話。」

趙婷走後，傅華整理了一下自己所認識的北京地面上的人，實在找不出一個跟公安系統有交往的人，想了想，覺得還是找江偉吧，江偉在北京經商多年，應該跟公安之間打過交道。

傅華撥通了江偉的電話：「哥們兒，我這裏有難，你認不認識朝陽區公安的人？」

江偉笑了：「怎麼了，幹什麼壞事被抓了？要哥們兒我罩你啊？」

傅華說：「不是，我被人騙了，需要跟朝陽區京南派出所做一下溝通。」就把事情的來龍去脈講給了江偉聽。

江偉聽完，倒抽了一口涼氣：「這郭靜的丈夫這麼狠，這一千六百萬可不是個小數目，這不是要置你於死地嗎？你把這件事情跟郭靜說了嗎？」

傅華苦笑了一下：「我沒想到那個楊軍氣量這麼窄。我沒跟郭靜講，講了也於事無補，何必再去干擾她的生活呢？還是我自己想辦法解決吧。哎，你朝陽區這邊到底有沒有認識的人哪？」

「我這些年一直在機場打轉，朝陽那邊我根本不熟。你先等一下，我問問機場分局這邊有沒有跟朝陽分局熟悉的。」

「那你給我抓緊，如果立不上案，我只有等死了。」

「好了，我馬上給你找。」

傅華在辦公室坐立不安地等了一會兒，江偉的電話打了回來，傅華趕緊接通了：「怎麼樣？」

江偉說：「我跟機場分局分管刑偵的田副局長聯繫上了，他說他跟京南派出所管刑偵的張副所長還不錯，他已經幫我們打了電話，讓我們直接去找張副所長談談。我們在京南派出所碰頭吧。」

傅華鬆了口氣，心說找到人就好辦多了，便說：「謝謝了，哥們兒。」

江偉笑笑：「說謝謝就見外了。」

山窮水盡

看來是已經山窮水盡了，也到了應該承擔責任的時候，
傅華環顧了一下辦公室，在這裡，
他做出了駐京辦令人驕傲的成績，也是在這裡，
他闖下了無法彌補的大禍，現在是到了要跟這裡告別的時候了。

張副所長是一個四十多歲，胖胖白白的中年男人，很熱情地接待了傅華和江偉，寒暄之後，笑著說：「田副局長把情況簡單的跟我說了，怎麼，你們海川駐京辦被人給騙了？」

傅華點了點頭，說：「是的，我們被騙了一千六百萬。」

張副所長說：「哦，數額還不少呢，說說具體情況。」

傅華就講了來龍去脈，張副所長聽完，咂巴了一下嘴：「這個事情不是太好辦，你們對這個邵彬的具體情況瞭解多少？」

「我們並不是十分瞭解，這人是楊軍介紹來的。」

「哎，你說了半天這個楊軍楊軍的，可是福天置業的楊軍？」

「對啊，楊軍的公司好像就是叫福天置業。張副所長認識他？」

張副所長點了點頭：「知道這一號人物。」

江偉說：「這個楊軍實際上就是幕後主使，張副所長，能不能對他採取點措施什麼的。我相信只要對他採取措施，那個邵彬很快就會被抓住的。」

張副所長笑了笑：「事情不是這麼簡單的，你讓我們採取措施，有楊軍犯罪的證據嗎？沒有吧，我們總不能就因爲楊軍做中間人，就說他犯罪了吧？錢進了他的帳戶嗎？」

江偉被問住了，半天才說：「這個楊軍就是知道公安局會這麼想，所以才會這麼肆無忌憚。」

張副所長笑笑：「我不管他怎麼想，沒有證據我們不能對他怎麼樣。我們公安是紀律部隊，做什麼都要依法行事。」

傅華看了一眼張副所長，從張副所長說到他知道有楊軍這一號人物開始，他就有一種不祥的預感，楊軍父子在朝陽經營多年，根基深厚，肯定這個張副所長跟楊軍之間絕非知道這麼簡單，怕今天這一趟要白跑了。

傅華不甘心空手而回，便問道：「張副所長，那已經有充分的證據證實邵彬騙了我們的錢，能對他立案偵查嗎？」

張副所長笑了：「傅主任，你把問題想得太簡單了。你們雙方就土地買賣是訂立了合同的，這就是一種金錢行爲，所以這個糾紛就應該定性爲金錢糾紛，我們不能就此立案。」

江偉急了：「張副所長，你怎麼能這麼說呢？來之前，田副局長不是給你打過電話了嗎？你不立案，叫我們怎麼辦？」

張副所長看了江偉一眼：「其實我跟你說句實在話吧，立不立案，結果是一樣的。立案了，我們也只能做一些走訪工作，我們警力有限，偌大的北京城，一千多萬人口，你讓我們去找一個邵彬，無異於大海撈針。」

傅華說：「且不管結果怎麼樣，能不能先給我們立上案？」

張副所長說：「那不行，立上案，你們的問題也得不到解決，還給我們造成了一些不必要的麻煩，這不能做。」

傅華心知這又是那個什麼破案率在作怪，不過，這個破案率真的這麼重要嗎？重要到可以不履行法定職責的地步？他困惑地問道：「你們不就是做刑事偵查的嗎？立案不是你們應該履行的法定義務嗎？怎麼會給你們造成不必要的麻煩呢？」

張副所長笑了起來：「傅主任，你誤會了，我們是因爲這個不屬於我們的受案範圍才不立案的，這一點你首先要清楚。」

江偉見張副所長拿出一副公事公辦的嘴臉，趕緊笑著說：「張副所長，你看我們是通過田副局長來的，就沒辦法變通一下？」

張副所長笑笑：「你回去把我的話跟老田講一下，我想他應該理解我的難處。抱歉了，真的不能幫你們什麼。」

傅華和江偉無奈只好離開，出了門，傅華看了看江偉，苦笑了一下：「這叫什麼啊，明明是被騙了，可是報案都報不上。」

江偉說：「我再打電話問一下田副局長，看看有沒有別的什麼辦法吧。」

傅華點了點頭。江偉撥通了田副局長的電話，跟田副局長講了一下情況，田副局長聽完，笑笑說：「這個還請你們理解，我們公安內部的考核都是建立在破案率的基礎上的，破案率低了，很多事情都會受影響的。」

江偉說：「可是我們這件事情確實是被騙啦。」

田副局長說：「這個情形看起來不太妙，按說，他起碼應該給我個面子做些調查，可是他直接拒絕了你們，這說明他並不想辦這個案子。」

江偉說：「這麼說，可能是他跟楊軍確實是有一定關係的了？」

田副局長說：「小江，這個案子你們報案時有欠考慮啊，明知道對方在朝陽根基深厚，卻還選擇在京南派出所報案，失誤啊。」

江偉說：「那時候不是沒想這麼多嗎？田局長，這件案子對我哥們兒很關鍵，能不能想辦法將他調出京南派出所啊？」

田副局長笑了：「小江，你以爲我是誰啊？我可沒這麼大的權力。」

江偉問：「就沒有一點辦法嗎？」

田副局長說：「除非你們能將井田公司那個老總扭送到局裏來，並且他承認自己詐騙了海川市駐京辦。」

江偉苦笑了一下：「如果我能抓到那小子，我自己就逼他把錢吐出來了，又何必找你們公安局呢？」

田副局長說：「說實話，你們自己想辦法找那傢伙，可能比我們公安效率更高一些，我們也是需要根據你們提供的線索去尋找的。」

江偉有點哭笑不得：「只好說，那我們自己再想想辦法吧。」

放下電話，江偉看了傅華一眼：「你都聽到了吧？」

傅華嘆了一口氣：「這公安都不管，我又怎麼去追回那一千六百萬呢？看來那個嘉圖洛桑喇嘛說得真是不錯，我真是時運不濟啊！」

江偉說：「你別沮喪，還不到山窮水盡的時候。我回去再找找別人，看看有沒有別的管道可以找到這個邵彬。」

倆人就在派出所門口分了手，傅華剛上了自己的車，就接到了趙婷的電話，趙婷著急地問他情況怎麼樣了？

傅華不想趙婷爲自己擔心，便笑了笑說：「你別急，我剛通過關係，跟京南派出所的張副所長做了溝通，他們說會重點關注這個案子的。」

趙婷鬆了口氣說：「那就好。對了，我爸爸那張支票我還沒還回去，你是不是再考慮考慮？」

「不用考慮了，無論如何，那張支票我是不會拿的。」

「傅華，你真的沒必要跟我分的那麼清楚，我的就是你的。你聽我的，還是用這個錢把賬平了吧。」

「謝謝你趙婷，這不是錢的問題，是原則問題。好了，你相信我，我一定能把問題解決的。」

趙婷心中有點爲傅華驕傲，這個男人就是到了這麼困難的時刻，也沒有喪失他的自信，便說：「那好吧，我就把這張支票還給我爸爸，跟他說你能解決自己的問題。」

「這就對了。行了，你好好休息吧，不要爲我擔心了，我要掛電話了。」

趙婷撒嬌說：「不行，先親我一下再掛。」

傅華笑了，說：「別鬧啦，我在開車呢。」

趙婷說：「我不嘛，一定要親。」

傅華無奈，只好親了電話一下，說：「這下行了吧？」

趙婷也在電話那邊親了一下，說：「行了，有什麼情況隨時跟我通報。」

傅華說了聲好的，就掛了電話。

傅華臉上浮現了一絲甜蜜，心說老天總算待我還不薄，讓我承受這麼大打擊的同時，收穫了趙婷的愛情。有了趙婷的陪伴，傅華感覺有勇氣面對一切困難。

回到辦事處，傅華又打了電話給賈昊，他覺得賈昊在北京發展這麼多年，應該會認識一些公安的人，而且賈昊的層級那麼高，他認識的人級別肯定也會很高，相信能幫到自己的可能性更大。

賈昊聽完傅華的情況，說：「不好意思，小師弟，我跟公安那兒沒什麼交集，這個忙我怕是幫不上你了。」

傅華知道賈昊這不是推搪，有些無奈地笑了笑：「沒什麼啦，師兄，我再想別的辦法吧。」

賈昊知道目前傅華也沒有別的心思，也就沒提他的劇本的問題，便掛了電話。

又過去了幾天，傅華打電話給江偉，江偉讓他別著急，他還在想辦法托人跟京南派出所的人溝通。傅華心知江偉也沒有什麼辦法，苦笑了一下，掛了電話。

看來是已經山窮水盡了，也到了應該承擔責任的時候，傅華環顧了一下辦公室，在這裡，他做出了駐京辦令人驕傲的成績，也是在這裡，他闖下了無法彌補的大禍，現在一切都應該畫上句號了，是到了要跟這裡告別的時候了。

傅華拿出了信箋，在抬頭的地方寫了請求處分和辭職報告的字樣，這以前令他驕傲的漂亮字跡，此刻看上去竟然十分刺眼，不由得百感交集，雖然僅有短短的幾個月時間，可是他對駐京辦已然有了很深的感情。是啊，在這裏他收穫了很多，也失去了很多，比起前幾年枯燥的生活來，實在是絢爛多彩。

傅華苦笑了一下，我怎麼變得這麼小家子氣了，竟然在這個時候戀棧起來，不由得搖了搖頭，便不再想其他的，靜下心來，完成了這份報告，並在最後面簽上了自己的名字。

傅華拿出信封，將報告裝了進去，就要叫羅雨將報告發出去，這時手機響了，一個陌生的號碼，傅華猶豫了一下，接通了。

電話裏一個好聽的女聲說道：「請問你是傅華傅先生嗎？」

傅華說：「是我，你好，請問你是？」

女人說：「我是孫瑩的朋友，我叫初茜。」

「初茜，仙境夜總會的花魁？」傅華驚訝地說。

初茜苦笑了一下：「看來傅先生也知道我。」

「我聽孫瑩說起過你，不知道你找我有什麼事情？」

初茜聲音哽咽了：「是孫瑩讓我找你的，孫瑩走了，她有一封信是給你的，在我這兒，請問你什麼時間方便，我們見見面。」

傅華還沒反應過來：「這傢伙去哪裡了，有什麼話不能當面說啊？」

初茜低聲說：「她已經離開人世了。」

「什麼?!」傅華震驚了，「你說她離開人世了?開什麼玩笑，明明她告訴我她男朋友回來了，她要退出去結婚的。」

初茜說：「我沒騙你，她和她男朋友一起自殺了。」

傅華呆住了，半天才問道：「究竟出了什麼事，怎麼會變成這樣了呢?」

初茜說：「一句話兩句話說不清楚，我們見面聊吧。」

傅華說：「好的，你現在在哪裡?」

初茜說：「我剛知道孫瑩葬在香山的萬安公墓，我想去送她一程，我們可以在那裏見面嗎?」

傅華說：「也好，我也去送她一程吧。」

初茜掛了電話，傅華愣怔了好半天才收起了手機，這個消息突如其來，讓傅華有些反應不過來。一個鮮活美麗的女人就這麼沒了?傅華眼前隱約還可以看到那天在星巴克，孫瑩那一臉的小女人的幸福，耳邊還可以聽到孫瑩笑意盈盈說的話：「我男朋友馬上就要從法國留學回來了，我要跟他結婚，洗手做羹湯了。」怎麼說沒就沒了呢?

傅華有點恍惚地將辭職信鎖進了抽屜裏，辭職的事情暫時先放一下吧，自己先去瞭解孫瑩出了什麼事情再說。

傳華在路上買了一束菊花，來到了香山的萬安公墓，進了公墓後，他打電話給初茜，初茜告知孫瑩墓的位置，傳華找了過去。

遠遠看去，一位背影很漂亮的女人站在一座晚霞紅石料的墓碑前，傳華心中猜度這個女人可能就是初茜了，就走了過去。

女人聞聲回過頭來，雖然一副大大的墨鏡遮住了她的眼睛，可是臉部其餘的部分仍然顯出她驚人的美麗，傳華輕聲問道：「請問是初茜小姐嗎？」

女人在墨鏡背後上下打量著傳華，半天才說：「你就是傳華？怎麼竟然會是你？」

傳華有些詫異：「怎麼，我們曾經見過嗎？」

女人摘下了墨鏡，一副曾經讓傳華驚爲天人的面孔出現了，原來是他那次從海川來北京的飛機上的鄰座，這個世界真是太小了。

傳華苦笑了一下：「沒想到我們竟然會在這樣的場合再次見面。」

初茜也苦笑了一下：「我也沒想到，是不是知道了我的真實身分很失望啊？」

傳華說：「談不上失望，我原本就沒希望做什麼，也就不會失望。」

初茜說：「你這個人是很特別，我跟你第一次見面時，就感覺你跟別的男人有些不同。只是我很奇怪，你怎麼會跟孫瑩認識，而且看上去似乎關係也不淺，你不會也曾經是她的恩客吧？」

傅華搖了搖頭：「我們之間並沒有那種交易的關係，我們是朋友。」說著，就把她跟孫瑩交往的過程說給了初茜聽。

初茜聽完，說：「你很尊重她，把她當朋友，難怪自殺前她還會留封信給你。」

傅華看了看眼前的晚霞紅墓碑，上面寫著劉燕之墓，便愣了一下：「這不是孫瑩的墓啊？」

初茜苦笑了一下：「你以爲做我們這一行會用真實的姓名嗎？」

傅華明白了，孫瑩是個假名字，劉燕才是她真實的姓名。看來眼前這個初茜怕也不是真實姓名，也只是這個女子的花名而已。

傅華默默地把菊花放到了墓碑前面，雙手合十，默默地爲孫瑩祝福。

這一切做完，傅華轉身看著初茜：「究竟是怎麼回事啊？」

「唉，這也是我們做這一行的宿命啊！我說過孫瑩，沒必要爲了一個臭男人做出那麼大的犧牲，可她浪漫故事聽多了，自以爲這世界上的男男女女都是羅密歐和茱麗葉，竟然心甘情願爲了男友賣身。唉，到了今天，後悔都已經晚了。你看看吧，她在信裏說得很清楚。」

傅華接過了初茜遞過來的信，打開了，見上面寫著：

傅華，你看到這封信的時候，我已經不在人世了，多希望還能靠在你的懷抱裏尋找一點支持啊！可惜已經不能夠了。

再一次見到男友，才知道我當初是多麼傻，我以為為他付出了全部，就會得到他的愛，可是我大錯特錯了。他一回來，就開始質疑我這些年是憑什麼賺了那麼多錢，原來他心裏已經懷疑很久了，他說一個女孩子又沒有什麼社會資源，除了做那個之外，根本賺不到那麼多錢。我當時就傻眼了，他變得陌生了起來，我不知道該如何跟他解釋，他也板下臉來絲毫不肯聽我解釋。他回國之前跟我要錢的時候，可都是很溫柔的，我以為他相信我說的一切，原來他心裏早就明白我在做什麼了。這個男人的心機好重啊，他一直隱忍著不跟我翻臉，其實是想我供他讀完書而已。

我這時才發現，當初初茜姐說的話是多麼正確，一個沒有擔當的男人，是不值得為他做出那麼大的犧牲的。這個男人現在口口聲聲說無法接受自己的女友為了賺錢竟然去幹那種行當，他竟然忘記了我這麼做就是為了他賺取學費，忘記了當初他是怎麼苦苦地哀求我的。這一切似乎都與他無關，是我自甘下賤、貪圖虛榮才會走上這條不歸路的。最後他總結這一切，結論是我與他已經不相配了，他是留過洋的碩士，有著大好的前途，可不想帶一個曾經做過妓女的老婆出去，說不定會在交際場合碰到我的恩客，到那時他將會無地自容。他跟我提出分手，說我給他的學費他會慢慢還給我。

這世界上竟然有這樣的男人，原來李甲和杜十娘的故事是在社會中真實存在的，我那麼傻，以為找到了真命天子，原來找到的只是一個忘恩負義的王八蛋。我的心在滴血，寄託在他身上的所有希望全部破滅了。

但是他可以做李甲，我卻不能做杜十娘，我雖然傻，可是還沒有傻到杜十娘的份上。我要報復，但不要像杜十娘那麼毀滅自己去報復別人，我要毀滅，也是要毀滅全部，絕不能讓這個負心的男人留在世上恥笑我。

我沒有哀求他，這個時候估計哀求他也是沒用的，我跟那個王八蛋說，既然要分手，可以，不過要陪我吃最後一頓分手飯。這個王八蛋竟然在我面前笑著說，你這麼想就對了，反正你還很年輕，也認識一些有錢的男人，找一個不錯的跟了他算了。他似乎以為我生來就是這麼下賤的。

現在我已經打扮好了，就要準備去赴宴了，我想用最美麗的一面去給我做過的夢畫上句號，我要灌醉那個王八蛋，然後帶著他去臥軌。我要讓他永遠跟我糾纏在一起，即使成了鬼魂也一樣。

傅華，我猜你看到這封信時會說我很傻，為了這麼一個人不值得。可是你明白我的心情嗎？我的青春，我的夢想都在這個男人身上，失去了他，我這前半生沒有了絲毫意義，我必須毀掉這個男人，才能對自己有一個交代。

呵呵，傅華，說到這裏，我可要提醒你啊，女人心狠起來是很可怕的，尤其是漂亮的女人，你的女人緣很不錯，小心將來在這方面吃虧啊。

傅華，遇到你，是我這一生中的幸運，也是我這一生的不幸。你讓我明白人生其實是可以有另外一種活法的，你為了母親而放棄了名利，甚至放棄了愛人；你為了所謂的原則，兩次放過了跟我親密的機會，難道你真的不想女人嗎？我知道你不是。

第二次你清醒的時候，實際上你是有些動心的，可是我當時想的是那個王八蛋，並沒有給你進一步的暗示。你這個人是君子，也就理所當然止之於禮了。說實話，當時我私底下還偷著嘲笑你的虛偽，可是到這一刻我認真地想了想，覺得人應該像你這樣有點原則才行。假使我當初不是那麼好名利，支持他去留學；假使當初我有著不可逾越的底線，不下海做這一行，也許就不會有今天這樣的下場了。

傅華，記得我跟你說過的那句話嗎，假使我先遇到了你，我的人生也許是另外一個樣子。這大概就是宿命吧，為什麼讓我遇到你偏偏是在淪落之後呢？我真的很想以一個平常女孩的身分跟你在一起，哪怕只有一天。

呵呵，我的浪漫主義病又發作了，時間差不多了，要跟你說再見了，假使真的能轉世投胎，希望還有相遇的機會。

我又說了一個假使，這世界上如果假使能成真該有多好，可惜那是不能夠的。

再見了！

劉燕絕筆（劉燕是我的真名，是不是很俗氣啊？）

傅華看完，眼睛已經濕潤了，這是一個多麼好的女人，可惜遇人不淑，竟然走上了絕路。

傅華嘆了一口氣：「她爲什麼不找我聊聊呢？找我當面聊聊，也許就不會做這樣的傻事了。」

初茜苦笑了一下：「她雖然是一個女人，做起事來卻比男人決絕。當初那麼勸她不要下海，可她決定了就義無反顧地去做，從來沒抱怨過什麼。所以她是一個很容易走極端的人，她這麼做我一點也不意外。換了是我，我也不會放過那個男人的。」

「她真是太容易鑽進牛角尖裏了，世界大得很，退一步就可以海闊天空了。」

初茜冷笑了一聲：「她最好的青春已經爲這個男人犧牲了，你讓她怎麼退，退到自己的家裏以淚洗面嗎？我只是覺得她很傻的是，報復男人的方法有很多種，爲什麼非要搭上自己呢？」

傅華看了初茜一眼，心說這個女人是個更狠的角色，他不想再深入探討這個話題，就問道：「你瞭解後來發生的事情嗎？」

初茜說：「就像她信裏跟你說的一樣，她灌醉了男朋友，帶他到郊區的鐵軌上臥軌自殺了，這件事情，北京晨報報導過。」

傅華突然想到了那天羅雨念的北京晨報上的那段消息，想起了那夜槐樹下的身影，想起了嘉圖格桑那個關於糾纏自己的是一個女鬼，而這個女鬼死於孽緣的說法，這一切似乎都得到了解釋。

傅華看向空中，心中明白孫瑩是不捨得離開塵世的，可是功利的塵俗卻逼著她不得不離開。「希望你在天國裏一切都好。」

半天，傅華低下了頭，問道：「這好像是有一段時間的事情了？」

「是，我這段時間去海川了，剛剛回來，回來後看到孫瑩留給我和你的信，才知道我走的這段時間發生了這麼多事，這才通知了你。」

傅華說：「原來如此。」便沒再說什麼，他心想死者已矣，再留在這裏傷心也是沒用的，於是就默默地往外走。

初茜也沒說什麼，跟在傅華背後走出了墓園。傅華走到了自己車子旁邊，回頭看了看初茜，說：「你怎麼過來的？」

「我的車送去保養了，我搭計程車過來的。」

傅華開了車門，說：「上車吧，我送你回去。」

初茜點了點頭，上了車。

在車上，倆人都沒有心緒說話，車廂裏的氣氛有些肅穆。

過了一會兒，初茜轉頭看了看傅華，打破了沉默：「傅華，我記得你跟我說你是海川駐京辦的主任？」

傅華笑了笑：「你還記得？不過似乎你並不想跟我打交道，你回海川辦事也沒來找我。」

初茜說：「我們原本只是萍水相逢，只有飛機上的短短幾十分鐘，我怎麼好意思去麻煩你。」

傅華看了一眼初茜，說：「別找理由了，就我個人看，你這個人把握機會的能力是很強的，可能我幫不上你什麼忙才是真的，否則就是不認識，你也會找機會認識的。」

初茜淡然一笑，她回海川之前不是沒想過找傅華幫忙，而且她覺得這個忙傅華也一定會幫得上，可是她最終否定了這個想法，眼前這個男人與其他男人並不相同，她勾勾手指，可能別的男人就會俯首貼耳，可是這個男人卻並不為她的美色所迷惑。

再有一點，她並不想暴露自己的身分，尤其是不想讓海川人知道她是做什麼的，因此並不希望跟一些來往於北京和海川之間的人士多打交道。

現在的形勢已經有所不同，孫瑩的事雖然讓初茜暴露了身分，卻也讓她對傅華多了幾分信任，加上這次回海川，她發現想要在一個新的地方開創一番局面，並不是一件容易的事情，即使這個所謂的新地方是她的家鄉，她高中畢業前待過很長一段時間的地方。

這一次初茜回海川，是因爲她得到了一筆不小的投資，加上她這幾年的積蓄，想要回老家做一番事業出來，卻發現事情並不是像她想像的那麼容易。她走捷徑慣了，現在要一步一步地走程序，心理上一時很難適應，有點舉步維艱的感覺。她很希望能夠得到一點幫助，不過，這個幫助最好是來之正道上的，她想衣錦還鄉，並不想在家鄉父老面前丟臉。

傅華的適時出現，讓初茜看到了一條很好的機會，從瞭解到的孫瑩跟傅華之間的交往來看，這個男人算是一個正人君子，如果他能施之援手，相信她在海川的路會好走的很多。

初茜說：「傅華，你倒是很瞭解我的個性。是啊，機會是要自己尋找的。跟你說實話吧，我這次回海川，是去考察投資環境的，我有意回家鄉投資，這一點上我倒希望你能給我一點幫助。」

傅華笑了笑，說：「對不起，這個忙我怕是幫不上你了。」

初茜詫異地看了傅華一眼，她很意外傅華竟然沒有表現出一絲一毫的熱情，按說駐京辦是很歡迎有客商去地方上投資的，難道傅華覺得她的實力不夠雄厚？

初茜冷笑了一聲：「傅華，你不要瞧不起我，你以爲我是玩玩的嗎？」

傅華苦笑了一下：「我沒有瞧不起你的意思，實在是我自身難保，這時候我把你介紹回海川，怕是不但幫不了什麼忙，反而會給你惹麻煩。」

初茜看了傅華一眼，說：「出了什麼事情嗎？」

傅華說：「我剛剛被人家設計陷害，騙走了一千六百萬，如果不是你打電話過來讓我來看孫瑩，我的辭職信可能都已經寄出去了。」

初茜瞟了傅華一眼，冷笑著說：「不用說，你是拿對方的回扣了，你們這些官員吶，被騙了也是活該！」

傅華不高興地說：「你不用動不動就冷笑，我不知道你對這社會有什麼深仇大恨，也許你受過某些人對你的傷害吧？可是我要告訴你，這社會上的大多數人都是好人，大多數的幹部也是好幹部，你不要因爲一小部分人的壞，就把氣撒到全部人身上。」

初茜看了看傅華，說：「你敢說你沒拿一分錢？」

傅華說：「我敢說，這件事情我問心無愧，我是被人設計的。」

初茜說：「你跟我說說究竟是怎麼回事。」

傅華說：「跟你說了也沒用，你能管得了？」

初茜說：「那不一定。你就說來聽聽，權當聊天了。」

傅華看了初茜一眼，他知道這個女人能夠在北京闖蕩出那麼大的名頭，一定是有過人之處。這個過人之處應該不僅僅是她的美貌，美貌只是她的敲門磚，奠定她地位的，肯定還有別的因素。

傅華就講述了自己被騙的經過，也講了找人報案時的窘境。

初茜聽完，笑了笑說：「你真是糊塗了，舊情人的老公你也敢招惹。」

傅華苦笑了一下：「誰會知道他的心眼兒那麼小呢？」

初茜說：「人都是有嫉妒心的，你這麼聰明，應該知道。」

傅華說：「我現在知道了，可是已經晚了！」

初茜笑笑說：「也許不晚，你的辭職報告先鎖好了，不要著急拿出來。」

傅華驚訝地看著初茜，這女人一副氣定神閒的模樣，難道她真的有辦法？

初茜笑了：「我知道自己長得漂亮，可是你也不用目不轉睛地這麼看我啊。」

傅華笑笑：「你真的有辦法解決這個問題？」

初茜說：「我不能給你打包票，你給我一周的時間，如果這一周我能解決也就解決了，如果不能，你再想別的辦法好嗎？」

傅華說：「你跟朝陽區京南派出所的人熟悉？不過我可提醒你，那個張副所長可不好說話。」

初茜說：「我跟他們不熟悉，不過我的辦法比他們更有效。」

傅華問道：「什麼辦法？需要我做什麼嗎？」

初茜說：「不需要你做什麼，至於具體我怎麼做，你還是不知道的好。反正你等我一周的時間就好了。」

傅華想了想，反正自己也沒別的辦法可想，姑且相信初茜一次好了，便說：「一周的時間我還有，不過，如果做不到也別強做。」

傅華怕初茜採用一些出格的手段去對付楊軍，因此事先給初茜打預防針。

初茜笑了笑：「我有分寸的。好了，我就住在前面的社區，你可以在這裏把我放下來了。」

初茜下了車，回頭衝傅華笑著說：「你等我電話吧。」便飄然離去了。

罪證確鑿

傅華冷笑了一聲，將拿來的光碟和轉賬資料扔到了桌子上：「楊軍，你別以為自己聰明，其實你蠢得要命，不是你父親有那麼點餘蔭給你，怕是你早就完蛋了。你看看吧，這裏面都是你的罪證。」

傅華調轉車頭回駐京辦，他又能苟延殘喘一周了，他想把一些未處理的事情先處理一下。

傅華先撥了賈昊的電話，不管張凡對他這個師兄如何評價，這個師兄在他相識的這段時間內，還是真心實意地幫助了他，他想爲賈昊做好這最後一件事情。

賈昊接了電話，對傅華提議週末去打高爾夫順便談談劇本的事情有點意外：「小師弟，你的事情處理好了嗎？」

傅華笑笑說：「差不多了，所以才會有心情跟師兄談談啊。」

賈昊驚訝地說道：「真的嗎？不簡單呢，小師弟，這麼大的麻煩你能這麼短時間解決掉。」

傅華笑笑說：「沒有什麼啦，你週末有沒有時間？」

賈昊笑了說：「小師弟你是爲我辦事，我沒時間也得擠時間出來，那週末見了。」

傅華說：「好的。」

傅華又撥了趙婷的電話，說要週末一起打高爾夫，趙婷說：「你那件事情辦好了？」

傅華說：「已經有眉目了，你別擔心了。」

趙婷鬆了一口氣說：「能聽到你這麼說真是太好了，這些天我的心一直懸著呢。」

傅華笑了說：「傻瓜，對我沒信心吶？」

趙婷說：「不是，可是事情沒最終落實，我始終怕出意外。」

傅華心裏很感動，這個生性直爽的女孩子向來是無憂無慮的，大概長這麼大還沒有這麼擔心過。

傅華說：「趙婷，你不要對我這麼好，我怕……」

趙婷打斷了傅華的話說：「你知道我對你好就行了，我不要求你什麼的。好了，我們週末見吧。」

放下電話，傅華心裏明白，自己已經被趙婷用濃密的情絲纏繞住了，今生今世都不能辜負她了。

有時候想想，人生的際遇真是神奇，曾幾何時還感覺趙婷像個孩子，雖然也很討人喜歡，可是很難讓他產生對女人的那種愛情的感覺。但世事就是這麼奇妙，老天爺偏偏就安排出這麼多事情來，讓他感受到趙婷的好。

人這一生，能夠得到一個全身全意爲自己著想，爲自己好的女孩子也是一種幸運，傅華希望自己能把握好這種幸運，不要辜負了趙婷。

週末，在高爾夫球場，傅華帶著丁益、趙婷一起見到了賈昊和文巧。賈昊指著趙婷笑著問道：「小師弟，這位漂亮的小姐是誰啊？」

傅華伸手拖過來趙婷，笑著說：「來，我跟你介紹，這位是趙婷，我的女朋友。」

趙婷幸福地看了傅華一眼，往傅華懷裏偎了一下，她很高興傅華正式向他的朋友們介紹自己是他的女朋友。

賈昊微笑著說：「你好，我是賈昊，很高興認識你。」

趙婷落落大方地跟賈昊握了握手。賈昊又介紹了文巧，趙婷跟趙凱見慣了這種場面，對文巧這種大明星的出現，絲毫沒表現出驚訝的神態，只是微笑著跟文巧握了握手。

這一切都看在賈昊眼中，他笑著對傅華說：「小師弟，你好眼光，找到了這麼個又漂亮又大方的女朋友。」

傅華笑笑，說：「那當然，你沒看是誰的女朋友。」

丁益輕輕捶了傅華肩膀一下，說：「傅哥，你不夠意思啊，趙婷成了你女朋友也不跟我說一聲。」

傅華看了丁益一眼，他知道原本丁益對趙婷是有好感的，便歉意地笑笑說：「不好意思，實在是這段時間發生了太多事情，回頭再詳細跟你說吧。」

丁益笑了說：「別不好意思了，你跟趙婷確實很般配，恭喜你們了。」

傅華拍了拍丁益的肩膀，笑了笑，沒再說什麼。

開始打高爾夫，趙婷的身手便顯露了出來，在果嶺上輕鬆地一推就進洞，打了一支小鳥球。

賈昊看到這個情形，笑著對傅華說：「趙婷高爾夫打得這麼好，豪門子弟吧？」

傅華笑了說：「師兄眼光真是銳利，她是通匯集團董事長趙凱的女兒。我的高爾夫就是跟她學的。」

賈昊眼睛眨了一下，曖昧地笑說：「要想會，跟師傅睡；你的高爾夫打得還不夠好，可要加把勁啊。」

傅華說：「師兄玩笑了，這女孩子對我很好。」

賈昊說：「小師弟，談戀愛很簡單，豪門可不是那麼好進的。」

傅華笑了，他知道賈昊並不清楚自己跟趙婷之間的來龍去脈，也不解釋，只是說：「我不強求什麼，一切順其自然吧。」

賈昊笑了笑，說：「你有這種心態是最好的。哎，關於劇本的事情，你心中可有什麼方案？」

傅華看了賈昊一眼，說：「師兄你這一票玩得可有點兒大。」

「這算是我的一個心願吧。你不知道，家母就是京劇演員，原本我是很想去學京劇的，可是家父說京劇沒前途，非逼我學經濟。我玩這一票，也是圓了我小時候的京劇夢。」

傅華笑笑說：「票可以玩大，也可以玩小，這裏我可要說一句不中聽的話，師兄你可別有意見。」

「我們認識時間雖然不長，可是我認爲你這個人看事情還是很中肯的，說吧，我不會對你有意見的。」

「我們都算是官場中人，應該明白越是高層次的人越是低調，師兄你現在的位置可以說是萬眾矚目，風光的同時也很招忌，我覺得這一票最好是不玩，實在要玩，也就小範圍內玩玩算了。」

賈昊愣了一下：「小師弟，我知道你這麼說是爲了我好，謝謝你。不過，對這件事情，我有另外一種看法，我這麼做，實際上也是對傳統藝術的一種弘揚，對京劇的發展是有好處的，我想不會有人加以反對的，所以你是多慮了。相反的，我認爲要做就要做到最大最好，這是理直氣壯的事情，何必躲躲藏藏呢？」

傅華看了賈昊一眼，這個師兄太自以爲是了，他自以爲聰明的想法是騙不過明眼人的。眼下京劇市場萎縮得厲害，就是一些著名的劇團尙且生存困難，賈昊這一個不見經傳的人寫的劇本，怎麼會做到最大最好呢？那只有一種可能，就是別人出錢捧起來的。

這麼簡單的道理他都能想明白，爲什麼賈昊就是不明白呢？

賈昊能有今天的地位，應該是有所歷練的，爲什麼還要這麼高調，這不是把自己豎起來給別人當靶子嗎？難道真的是當局者迷，旁觀者清嗎？

不過，傅華也明白不能繼續阻止下去了，再阻止，就會讓賈昊對他心生厭煩，便笑笑說：「看來師兄是已經有充分的決定了。」

賈昊笑笑說：「我是真的很想做成這件事情。」

傅華說：「那劇本方面，師兄可有什麼想法？」

賈昊說：「原本那個劇本是想發掘一下諸宮調的藝術，被你一說，我也覺得題材不是很穩妥。按照你的說法，我也思考了一些經典名作，不過經典被改編的已經很多了，很難找到一部適合京劇而又沒被改編的題材。」

傅華笑了：「師兄聽過評劇《秋聲》嗎？」

賈昊說：「沒聽過，是個什麼樣的故事？」

傅華就講了《秋聲》的故事梗概，是一部描寫抗日戰爭時期的故事。傅華給曲煒做秘書時，曾經有一次跟曲煒到評劇團檢查工作，評劇團做彙報演出時，上演的就是《秋聲》，因此對這個故事很熟悉，而且印象中似乎也沒被改編成京劇。

賈昊聽完，想了想說：「這個題材倒是可以，屬於經典，又被改編成評劇過，比較成熟，我回頭找來看看。」

有了一定的方向，倆人就不再談論劇本的事情了，開始專心打球了。

趙婷經過傅華身邊，笑著說：「你們倆嘀咕什麼呢？」

傅華笑笑說：「沒什麼啦，閒話而已。」

趙婷說：「我看剛才你師兄跟你看著我擠眉弄眼的，是不是在說我的壞話啊？」

「我師兄誇獎我有眼光，找了一個這麼好的女朋友，怎麼，他說錯了嗎？」

趙婷高興地笑了：「當然沒說錯啦。好啦，專心打球吧，你已經落後我很多了。」

傅華笑著說：「遵命，趙老師。」

趙婷笑笑：「哎，乖徒弟。」

打完高爾夫回來，傅華開始等待著初茜的消息。可是自那天見面過後，接連過去了六天，初茜一點兒訊息都沒有。

等待是一件令人煎熬的事情，傅華從一開始的心平氣和，慢慢變得焦躁起來，他開始覺得初茜能幫助解救自己的可能性越來越低了。

這期間，曲煒來過電話詢問事情的進展，傅華強作鎮靜，說事情還在溝通。曲煒說，這件事情他跟孫永說過了，孫永的意見也是讓傅華不要急著請求處分，目前當務之急先追回錢來再說。

傅華心說，我真的不想著急，可是一條條路都被堵死了，我沒有一點辦法去解決問題，現在所有的希望都寄託在初茜身上，如果她再不行，我就無計可施了。這種狀況下，就是大羅神仙也不能不著急。

第七天早上，傅華心知這是決定自己去留的最後一天了，他在辦公室裏坐立不安。好不容易熬過去一個小時，初茜還是毫無消息，傅華在辦公室實在有點兒待不住了，也沒跟其他人說什麼，自己出門，開了車在街頭亂轉。

轉來轉去，轉到了雍和宮門前，傅華想起那天嘉圖洛桑對自己說的那番話，感覺這喇嘛似乎真的有點神通，也許他能指示自己一些什麼，病急亂求醫，就停下了車。

進了雍和宮。在阿嘉佛倉，傅華找到了嘉圖洛桑。

傅華笑著問道：「大師，您還記得我嗎？」

嘉圖洛桑慈祥地笑了：「記得，那天你跟鄭老來過。」

傅華說：「您那天跟我說的那番話，您還記得嗎？」

嘉圖洛桑點了點頭，說：「記得，看來你已經得到印證了。」

傅華愣了一下，看了看嘉圖洛桑：「不知您是怎麼知道我已經得到了印證。」

嘉圖洛桑笑了，說：「你如果沒得到印證，心裏一定會暗罵我胡說八道，也不會再上雍和宮找我了。」

傅華也笑了，便說道：「您說對了，我已經知道是哪位女性朋友過世了。我真的沒想到她會有如此下場。」

傅華就講述了孫瑩的故事，嘉圖洛桑聽完，雙手合十，閉上眼睛念了幾句經，念畢，睜開眼睛說道：「我爲這位女施主念了阿彌陀經，希望佛祖保佑她往生。」

傅華嘆了一口氣，說：「真是世事無常，這才幾天，她還好好的跟我在星巴克喝咖啡呢。」

嘉圖洛桑笑著說：「生老病死，本是人生的不同階段，死者已逝，你就把她放下吧。」

傅華苦笑了一下：「這豈是說放下就放得下的。」

嘉圖洛桑看了傅華一眼，說：「看你心神不定的樣子，怕是你心裏有自己放不下的事情吧？」

傅華笑了：「又被您看穿了。我現在是遇到了莫大的困境，真的不知道該怎麼處理才好。您能不能爲我指點一下迷津？」

嘉圖洛桑笑了：「呵呵，我講個故事你聽吧。話說很久以前，有一個老和尚叫做丹霞天然，一次住宿在惠林寺，天氣實在很冷，丹霞天然受不住了，就劈了廟裏供奉的木雕佛像燒火來取暖，寺裏的住持質問丹霞天然，你在幹什麼？丹霞天然說，我想燒燒看能否燒出舍利來。信持說木佛怎麼能燒出舍利來？丹霞天然就笑著說：既然燒不出，那就把另外兩尊也拿來燒了吧。這是佛門的一段丹霞燒佛的公案，你明白其中的道理嗎？」

傅華想了想，苦笑了一下說：「弟子愚鈍，還請師傅明示。」

嘉圖洛桑說：「其實丹霞之所以敢於燒佛，是因爲木佛並非真佛，燒不出舍利子。你的問題向我求解，無異於燒木佛求舍利子一樣，我本來無解，你從何而得解？」

傅華心說這老喇嘛夠囉嗦的，你不知道就說不知道吧，還要轉一圈說什麼丹霞燒佛的公案，也不覺得費勁。

嘉圖洛桑看傅華不說話，接著說道：「其實你的問題只有你自己能解決，佛其實在你的心中，而不是在那些木雕泥塑之中，所以不必外求。」

傅華苦笑說：「我知道自己的問題應該自己解決，可是眼下我實在是無計可施了。」

「我再講個故事給你聽吧。有個和尙問他師傅，丹霞燒佛究竟是對是錯，裏面包含了什麼意旨？師傅笑著說，冷了就到爐邊烤火，熱了就去竹蔭乘涼。這就是對的。其實人還是同樣的人，可是因爲環境的改變卻產生不同的感受。要想改變這種不好的感覺，就是順應時勢去做就好了。這就像你目前的困境是一樣的，你之所以感覺很差，實在是因爲境況變得很差，心隨境移，境由心生，你的感覺就也差了起來，並不是你這個人的本質發生了變化。想要解決這個問題也很好辦，饑來吃飯，睏來合眼，帶著平常心去順其自然的應對，我就不相信還有解決不掉的問題。」

傅華笑了，他感覺好了很多，確實當你無力去改變什麼的時候，逆來順受也是一種方法，雖然他明白這不過是一種精神勝利法而已，實際上問題並沒有得到解決，只不過是讓自己精神愉快地去面對最終的結果罷了。

從雍和宮出來，傅華心定了許多，他不再在街頭瞎逛了，回去駐京辦，靜靜等著命運對他的判決。

吃過晚飯，初茜還沒有消息，傅華把以前那份寫好的請求處分和辭職的報告拿了出來，重新看了一遍，斟酌修改了一些不太貼切的用詞，準備明天就將它寄出去。

晚上十點，初茜仍然毫無消息，傅華已經死心了，他簡單洗漱了一下，休息去了。

清晨，手機響了，傅華被驚醒，看看號碼是初茜的，連忙接通了。

初茜張口就說：「傅華，我可真是服了你了，這種狀況下你也睡得著？」

傅華愣了一下，笑著問道：「怎麼了？」

初茜說：「我昨晚十二點前後打了那麼多電話給你，你就是不接。」

傅華笑笑說：「那可能是我睡熟了。」

初茜說：「算你行，好像被騙錢的不是你似的。」

傅華說：「我就算睡不著也解決不了問題。怎麼，你找到幫我解決問題的辦法了嗎？」

初茜笑了：「我輕易不答應別人事情的，答應了就會做到。」

傅華驚喜地問道：「真的嗎？」

初茜笑笑：「我騙你幹什麼。這時候，我想有一個人你是很想見到他的，你出來吧，我讓你見見他。」

傅華問道：「誰啊？」

初茜笑笑：「邵彬先生啊。」

傅華驚訝地叫了起來：「你找到了邵彬？他在哪裡？你怎麼找到他的？」

初茜笑笑說：「別問那麼多問題，你到安海社區三號樓二單元一六〇一來吧，邵彬先生正被邀請在這裏做客呢。」

傅華說：「那你等著我，我馬上過去。」

說完傅華掛上電話，穿好衣服，連臉都沒洗，就衝出了屋子，上了車就直奔安海社區。

到了三號樓二單元一六〇一，敲了敲門，初茜笑咪咪地打開門，說：「你的車開得夠快的啊。」

傅華往裏看了一下：「邵彬這個王八蛋在哪裡？」

初茜說：「進來吧，他在臥室呢。」

傅華跟著初茜進了房間，打開臥室門，邵彬正坐在床上，身旁有兩名男子守著。

傅華見到邵彬，正是仇人見面分外眼紅，衝過去一把抓住他的領子，揮拳就要打。

邵彬急叫道：「傅主任，你饒了我吧，我也不想害你的。」

傅華遲疑了一下，初茜過來抓住了傅華的胳膊，笑著說：「邵先生一直很配合的，你就別打他了。」

傅華一把將邵彬搡開，說道：「快說，究竟怎麼回事？」

邵彬被搡倒在床上，掙扎著爬了起來：

「是這麼回事，我跟楊軍一直有生意上的來往，我欠楊軍公司兩千三百萬，前段時間我見公司經營不下去了，就有意把給你們看的那塊地抵給楊軍，我跟他說，反正我現在只有這塊地了，他要，雙方的賬目就互相沖抵，誰也不欠誰的了。楊軍不幹，說那塊地只值一千五六百萬，離兩千三百萬還差將近一半呢。我當時說，你不幹我也沒辦法，反正我就這麼多了。楊軍說他倒有一個辦法，不但能還掉他的賬，我還能剩下幾百萬。他就講了傅主任你想買地的事情，按照楊軍的設計，我可以一方面跟銀行溝通抵押，一方面將地賣給你，兩面拿錢，加起來就有三千多萬。我一想，我把這塊地給了楊軍之後，就一無所有了，按照楊軍教我的去做，我還能剩下幾百萬，就一時貪心，答應了下來。」

傅華說：「你不知道這是詐騙嗎？你難道就不怕被抓嗎？」

邵彬苦笑說：「楊軍跟我說你是外地來的，被騙了之後，肯定會被追究責任調回去，我只要躲幾年，沒人追究就可以沒事了。而且朝陽的局面他還可以掌控，相信不會追到我的。」

這個楊軍還真是惡毒，每一步都算計得很到位，傅華心裏暗罵，這個王八蛋，這是非要置我於死地啊。

邵彬看著不說話的傅華，央求道：「傅主任，我求求你，我可以把拿到的錢都退給你，你放過我吧？」

傅華看了邵彬一眼，說道：「我倒是很想放過你，可是放過你了，我沒辦法交代。而且你的錢也不夠還騙我的一千六百萬呢。」

邵彬說：「你可以找楊軍要啊。」

傅華冷笑一聲：「你以爲楊軍是傻瓜，光憑你幾句話就可以讓他退錢出來？相信如果我跟他說找到你了，他肯定把事情都推到了你身上，自己一概不認賬的。」

「這一點我早就有所準備了。我知道楊軍能想出這麼毒辣的招數，肯定不是善類。爲了防止將來出事他把責任都推給我，我將我們幾次見面商量騙你的情形都錄了下來，我相信楊軍見了這些錄影，一定無法抵賴的。再說，我將資金轉入他的帳戶也是有據可查的，這些我都可以提供給你，只要你能放了我。」

「這些證據在哪裡？」

「放在我的住處，我可以帶你們去拿。」

這時在場的一名年輕男子說：「你別想離開這裏，你把放東西的地址和鑰匙給我，我去拿。」

邵彬看了看傅華：「傅主任，你幫我跟他們說說，我保證老老實實的帶你們去拿，不會逃跑的。」

傅華想了想，覺得邵彬還是留在這裏比較保險，就說：「邵彬，你還是待在這裏比較好。你放心，我只是想要回被騙的錢，只要我拿回錢來，一定放了你。」

初茜笑笑說：「邵彬先生，你別抱幻想了，我們既然能在北京茫茫人海中把你撈出來，相信你是逃不掉的，你還是把東西交出來比較好。」

邵彬無奈地嘆了一口氣：「就放在我家裏，你去跟我老婆說，就說我要拿書櫃裏夾在淮南子那本書中的光碟有用，她就會給你的。」

剛才說話的年輕男子說：「你可別跟我耍花樣啊。」

「我現在人都在你手裏，還敢耍什麼花樣，你放心吧，我藏東西的地方只有我和我老婆知道，你這麼一說，她就知道是我要的了。」

年輕男子看了看初茜：「茜姐，我去一趟吧？」

初茜點了點頭，說：「你去吧，機靈點兒。」

年輕男子就對另一個男人說：「你好好看著他。」

那個男人點了點頭，年輕男子就離開去拿光碟去了。

初茜對傅華說：「我們出去坐吧。」

二人出了臥室，來到客廳坐下，傅華輕聲問道：「這兩個男的是什麼人？他們是怎麼找到邵彬的？」

「這是我乾爹的手下，他們有他們的管道，你就只管要回你的錢，其他的就不要問了。」

傅華還是有些擔心：「他們沒做什麼過分的行爲吧？」

「他們會有分寸的，再說，邵彬是個騙子，就算過分點兒也沒什麼，公民見義勇爲抓住騙子，這是好事啊。」

傅華心說，真是荒唐，自己明明是被騙，可警察偏偏不管，逼得自己還要向這些所謂的「公民見義勇爲的行爲」來求助。先不管這些了，還是解決目前的難題再說吧。

希望拿到邵彬的光碟之後，楊軍能見機將錢退還，否則只好將他們一夥交給警方處理了。可是現在這個狀況，顯然不適合將邵彬送到京南派出所去，也不適合在北京這個地方來處理。到那個時候，怕是要將他帶回海川，讓海川公安局來處理。

傅華看著初茜：「一會兒你的朋友將光碟拿回來，我就去找楊軍談判，談成了最好，談不成，我就要將邵彬交給海川警方來處理，你的朋友能看著邵彬，直到交給海川警方嗎？」

初茜笑笑說：「行，沒問題。」

兩個多小時後，年輕男子帶著光碟和一份銀行轉賬記錄回來了，傅華和初茜在電腦裏看了光碟的內容，確認就是邵彬和楊軍私下商量怎麼詐騙的情景，便又複製了一份。

傅華拿著複製出來的光碟和轉賬記錄，找到了楊軍。

楊軍一看傅華來了，愣了一下，旋即笑著說：「傅華，你還沒被抓起來呢？」

傅華笑了：「我又沒犯什麼法，怎麼會被抓呢？」

「你疏忽大意，被騙了一千六百萬，給你們海川市政府造成了巨額損失，這已經構成犯罪了。罪名叫什麼來著，疏忽大意簽訂合同造成國家損失罪，好像叫這個名字，挺拗口的。」

傅華哈哈大笑，說：「楊軍，看來你為了騙我真是處心積慮啊，連罪名都想好了。」

楊軍看了傅華一眼，警惕地說：「事先聲明，這件事情是你們駐京辦和井田公司之間的糾紛，與我無關，你可別來套我。哦，我明白了，你身上帶了答錄機是吧，想把我的話錄下來告我是吧？呵呵，我可沒那麼傻。」

「你以為我就那麼點兒水準嗎？告訴你吧，我找到邵彬了。」

楊軍驚訝地叫道：「你說什麼？你找到邵彬了？」

傅華點了點頭，說：「對，我找到邵彬了，他把跟你之間的勾當都交代了。」

「不可能，你能找到邵彬？」楊軍叫道，旋即笑了起來，用手指著傅華笑著說：「你這傢伙，學會使詐了，不錯嘛，你比剛到北京的時候很有進步。」

傅華冷笑了一聲，將拿來的光碟和轉賬資料扔到了桌子上：「楊軍，你別以為自己聰明，其實你蠢得要命，不是你父親有那麼點餘蔭給你，怕是你早就完蛋了。你看看吧，這裏面都是你的罪證。」

楊軍抓起桌面上的光碟和轉賬資料，看到轉賬資料的時候，冷汗就已經流下來了，這東西只有邵彬和他二人清楚，傅華拿出來，說明他是真的找到了邵彬，事情有點兒不妙啊。

楊軍手有點哆嗦著打開電腦，開始看光碟，裏面的畫面一出來，他的臉就變得煞白了，轉頭問傅華：「邵彬現在在哪裡？」

傅華笑了：「你是不是開始覺得這個遊戲不好玩了？」

楊軍急叫道：「我問你，邵彬在哪裡？」

傅華冷笑了一聲：「他還會在哪裡？當然是在我控制之下了。」

楊軍看了傅華一眼：「既然你掌握了主動，說吧，你現在想怎麼辦？」

傅華說：「現在有兩條路由你選擇，一條比較簡單，你把騙我的錢還回來，事情就到此為止。」

楊軍說：「如果我不呢？」

「那你就是選了一條複雜的路走。跟你說實話吧，邵彬現在在我們海川市警方的控制之下，這些東西都是他向警方交代出來的。你如果不把錢退還出來，海川警方會將你帶回海川去處理，你應該清楚，你騙的錢究竟是誰的，你覺得去了海川會有好果子吃嗎？再說，就算你頑抗到底，海川警方也可以把你賬上的資金和資產作為贓物收繳，我覺得可能不止值一千六百萬吧？」

楊軍冷笑了一聲：「你別瞎咋呼，這裏是北京，什麼時候輪到你們海川市警方來辦案了？」

傅華笑了：「看來你諮詢律師諮詢的還不夠透澈，如果你諮詢透澈了，就應該明白，關於侵權犯罪，有管轄權的包括被侵害人所在地、侵害人所在地、行爲地和結果地，你說這麼多地方，我們海川警方能找不到有管轄權的依據嗎？說實話，原本海川警方是要直接把你帶走的，可是我想到你總是郭靜的丈夫，你可以不仁，我不能不義，爲了郭靜日後不至於抬不起頭來做人，是我向海川警方請求給你一次機會。他們同意由我來勸說你把錢還回去，大事化小，小事化無。楊軍，你也是個聰明人，不是非要拼個魚死網破吧？」

楊軍看了看傅華：「你別嚇唬我，既然海川警方來人了，爲什麼他們沒跟你一起過來？」

「他們不過來，是因爲我請求他們現在先讓我私下處理。你想他們過來是吧？好哇，我馬上打電話叫他們來。」

說完傅華拿出手機作勢要撥打，楊軍伸手一把按住了傅華：「你夠狠，我把錢還給你。」

傅華心裏暗自鬆了一口氣，他玩這虛虛實實的一套，實在是因爲他並不想將楊軍送進去，如果他真將楊軍送進去了，他不知道將以何種面目去面對郭靜，楊軍再不該，對郭靜來說，也是她的丈夫，是她兒子的父親，她和楊軍才是一家人。自己當初不顧郭靜離開北京而去已是不該，這一次再將她的丈夫送進監獄，郭靜到時不知道該怎麼恨他了。

傅華嘆了一口氣：「楊軍，你別不知足，我就是不夠狠，才會放你一馬的，說吧，你什麼時間把錢給我匯回去？」

楊軍說：「這筆錢不是個小數目，你給我一周的時間吧。」

「一周的時間太長了。」傅華想了一下說，「你現在就馬上開支票給我，今天就必須將錢匯到我的戶頭。」

傅華不敢拖延，怕中了楊軍的緩兵之計，他認爲必須快刀斬亂麻，緩則生變。

楊軍急了：「傅華，你講不講理？一千多萬啊，你以爲是幾萬塊嗎？」

傅華冷笑了一聲：「楊軍，你別當我是傻瓜，恐怕我這一千六百萬你拿得並不安心，估計你動都沒動過吧？」

「可是你這一千六百萬被邵彬拿走了幾百萬，不全都在我這兒。」

「邵彬已經答應將他拿的那部分錢吐出來，這筆賬到時候你們關起門來自己算吧，我不想還要分幾批才能拿到錢，反正你一下子拿了兩千多萬，退出來一千六百萬應該沒問題。」

「那到時候你可要讓海川警方將邵彬交給我來處理，別讓他再躲了。」

傅華笑笑說：「只要我的錢到賬了，沒問題。」

楊軍無奈地瞪了傅華一眼，撥了會計室的電話把會計叫了過來，讓他開一千六百萬轉賬支票給傅華，會計出去，一會兒拿了一張支票給傅華，傅華也不離開，就在楊軍的辦公室打電話把羅雨和林東叫了過來，讓二人去把支票存上，自己在楊軍辦公室等消息。

楊軍看著傅華：「你還怕我跑了？」

傅華說：「不好意思，我一朝被蛇咬，十年怕井繩，不得不小心應對。我只是想快點把問題解決掉，不想再有什麼麻煩了。」

等了一會兒，羅雨打電話來，說錢存上了，傅華鬆了一口氣，對楊軍說：「好啦，楊軍，我們的事情到此就畫上句號了，我要走了。」

「那邵彬呢，你不是還要把他交給我嗎？」

傅華笑了，說：「我光顧著高興了，忘記這事了，你等著。」說完他打電話給初茜，說他的事情都已經解決了，讓那兩個男子將邵彬送到楊軍公司來。初茜笑著答應了。

過了一會兒，傅華接到電話，說人已經送到，讓他們下去接。傅華就站了起來，對楊軍說：「走吧，去接邵彬吧。」

倆人一起下了樓，楊軍看了看車牌，愣了一下，問道：「怎麼，你們海川警方用我們北京的車？」

傅華笑了：「這是我北京的朋友，什麼海川警方，我那是逗你的。」

楊軍氣得臉漲成了豬肝色，指著傅華叫道：「你這傢伙，竟然敢來騙我。」

傅華冷笑一聲：「你別那麼兇，相不相信我能將邵彬再帶走？」

楊軍惡狠狠地瞪了傅華一眼，點點頭說：「你夠厲害，老子今天陰溝裏翻船了，認了。」

傅華走到車旁，拉開車門，將邵彬拉了出來，笑著說：「邵總，楊軍說要跟你談談，你們可不要傷了和氣啊。」

楊軍上前一把抓住了邵彬，叫道：「走，到我們辦公室去，我們好好說道說道。」

邵彬可憐巴巴地看著傅華：「傅主任，你不能這樣啊！」

傅華攤開雙手，笑笑說：「邵總，我的賬已經結清了，你們的賬我可管不著，再見了。」

說完，傳華上了自己的車，示意那兩個男子的車跟在後面，兩輛車就離開了楊軍的公司。

在車上，傳華長出了一口氣，事情總算解決了。在感到欣慰的同時，他心裏也很感激初茜幫了自己這麼大的忙。這個人情非同小可，不知道要怎麼樣去還。

傳華撥通了初茜的手機：「初小姐，事情已經圓滿解決了，真的不知道該如何感謝你。」

初茜淡淡一笑：「說什麼感謝啊，事情能解決了就好。」

「應該謝謝的，這個人情我記下了。我請你們吃飯吧，那兩位先生跑前跑後的也很辛苦。」

「你當我是朋友，就不要老是把感謝掛在嘴上，朋友應該互相幫助的。至於吃飯，改天吧，我一會兒還有個應酬。」

「既然你不能去，那兩位先生可以去吧？」

「他們去不合適，如果被人知道了你跟這些人在一起吃飯，形象不好，你等一下扔點錢給他們吃飯就好了。」

「這樣好嗎？」

「沒事的，回頭我會跟我乾爹說的。」

傅華笑了：「我也不清楚你乾爹是做什麼的，什麼時間讓我見見他，這次的事情也應該謝謝他的。」

「這你別管了，我乾爹這個人很低調，不喜歡拋頭露面的。」

「哦，是這樣啊。那就算了，你替我謝謝他吧。對了，你上次說回去投資要我幫忙，需要什麼你跟我說一聲，我去幫你溝通。或者，下次你回去，我跟你一起回去，到時候我可以介紹一些朋友給你。」

初茜笑笑說：「到時候我會跟你說的，你還是先把你這邊的善後事宜處理好。」

「好吧。」

初茜掛了電話，傅華便示意跟在後面的車停下來，兩輛車停下後，傅華來到車旁，掏出錢包，將裏面的錢全部拿了出來，大約三千多，遞給爲主的男青年說：「哥們兒，今天謝謝了，我還有事沒辦法陪兩位，兩位自己找地方吃點兒飯吧。」

年輕男子將錢接了過去，笑著說：「你客氣了，有事你就去忙吧，我們哥倆怎麼都好說。」

傅華說：「那我走了。」

兩輛車就分開，各自朝自己的方向而去。

裙帶關係

傅華搖了搖頭，他可沒有想過到通匯集團做什麼駙馬爺。笑了笑說：「我暫時還沒有這個人生規劃。」

趙凱看了看傅華，說：「你不是暫時沒這個人生規劃，你只是不想通過裙帶關係進通匯集團，對吧？」

傅華回到駐京辦，連忙撥通了曲煒的手機，說：「曲市長，我已經把一千六百萬追了回來。」

曲煒鬆了口氣，說：「追回來就好，追回來就好。」

曲煒這幾天心也一直懸著，他也爲傅華在擔心。

傅華說：「讓您爲我擔心了。」

曲煒笑笑：「別說那些了，你是怎麼把錢追回來的？」

「說來事情也巧，那個騙我的井田公司老總恰巧被我朋友遇到，就通知了我，我們抓到了他，要把他扭送公安局，他沒辦法的情況下，只好將錢退了回來。」

傅華沒辦法講明是初茜幫自己抓住了邵彬，他覺得邵彬被找到絕非易事，初茜的乾爹也不知道是哪方面的神通人物，這一切還是遮掩過去比較好。

曲煒聽完，說：「這一次是你的運氣好，能夠把錢拿回來。以後工作要更謹慎，不要再發生類似的事件了。」

傅華說：「我知道。」

曲煒說：「錢雖然收回來了，可事情還不算完，你打個請求處分的報告，我跟孫書記研究一下，多多少少還是有些處分的。」

傅華說：「這裏面我是有疏失的，受點處分也是應該的。」

曲煒笑笑說：「你有這個認識就好。相信不會對你處分很重的。好了，好好幹你的工作吧。」

「好的。」

曲煒掛了電話，傅華又撥通了趙婷的電話：「告訴你一個好消息，你哥把錢退還給我了。」

趙婷又驚又喜：「是真的嗎？他怎麼突然又改變主意了？我去求他的時候，他是說什麼都不退的。」

「當然是真的，錢已經到了駐京辦的賬上。我跟你說一聲，是想讓你不要再爲我擔心了。」

趙婷高興地說：「這下我徹底放心了，回頭可以把支票還給我爸爸了。」

傅華笑了：「你還沒還啊，對我沒信心啊？」

「不是，我是怕萬一，萬一你解決不了，我還可以替你還上。傅華，我真的不想你出什麼事情的。」

傅華笑笑：「我明白你的心，好了，早點把支票還給你父親吧。」

趙婷說：「我知道。對了，你還沒告訴我，你是怎麼逼我哥還錢的？」

傅華不好講出他是在仙境夜總會花魁的幫助下抓住了邵彬，逼迫楊軍不得不交出詐騙所得。趙婷如果知道這件事情，說不定會懷疑自己跟初茜的關係，反倒會旁生枝節。

傅華笑道：「我也有我的一些管道，他們幫我找到了井田公司的老總邵彬，你哥不想去坐牢，無奈之下，只好把錢退了出來。」

趙婷好奇地問：「你的什麼管道啊？」

傅華說：「我的一些同學之類的社會關係。」

趙婷說：「那真要好好謝謝他們了。」

傅華說：「這個人情我一定會還的。」

趙婷笑著說：「好啦，既然事情已經圓滿解決，是不是該出來慶祝一下啊？晚上出來去酒吧喝酒吧？」

傅華笑道：「你這丫頭，就是好玩。」

趙婷說：「出來吧，我估計這幾天你壓力肯定很大，出來放鬆一下心情。」

傅華說：「好哇，晚上我去接你。」

晚上，傅華接了趙婷，問道：「你想去哪間酒吧？」

趙婷問道：「傅華，你到北京這麼長時間，都去過什麼酒吧玩過？」

傅華心裏黯然了一下，他到北京之後，只跟孫瑩在左岸坐過。孫瑩已經不在了，他就不想提及，便說：「別說，我來北京還真沒去過酒吧。」

趙婷笑了：「你個老土，酒吧是現代城市生活的調劑，你怎麼能不去見識一下呢？」

傅華笑笑：「那我今晚就跟你去見識一下好了。」

趙婷說：「那你喜歡熱鬧一點的，還是靜一點的？」

傅華笑說：「去靜一點的吧，我現在只想安安靜靜地坐一會兒。」

趙婷想了想，說：「那去左岸吧。」

「左岸！」

傅華驚叫了一聲，此刻的他，是很不想去左岸回顧他跟孫瑩的過往的。

趙婷聽傅華驚叫，有些詫異地道：「你去過左岸嗎？」

傅華剛剛說自己沒去過酒吧，自然不好再自打嘴巴：「沒有，我只是很驚詫這個名字，為什麼會叫左岸？」

趙婷笑了：「土包子，少見多怪，左岸代表著一種風格，源自巴黎塞納河的左岸，據說塞納河左岸是巴黎的文化中心，是一個以知識分子中產階級為核心的社區，相對於塞納河右岸的權利和經濟中心，左岸代表著一種隨性、浪漫、人文的氣質。」

傅華笑了：「這麼浪漫的地方，我這個土包子還是不去了吧。」

趙婷說：「不行，我就要你陪我去，你去見識一下，真的很不錯的。」

傅華笑笑，他不想跟趙婷爭：「好吧，我們就去那裏吧。」

到了左岸，音樂還是那麼悠揚，燭光還在搖曳，景物依舊，而人事全非，傅華心裏不免有些難過。

「喝點什麼？」趙婷並沒有察覺傅華的心情變化，問道。

傅華笑笑說：「啤酒吧。」

他不敢再點愛爾蘭咖啡了，雖然咖啡的口味還不錯。

趙婷也點了啤酒，要了一些開心果之類的佐酒。

燭光中，傅華覺得在座的人都有些飄忽，有那麼種很不真實的感覺，想一想這一段時間經歷過的大喜大悲，就好像上演了一場劇情複雜的舞臺劇，真是人生如戲啊。

趙婷看傅華半天不說話，關心地看著他：「怎麼了，你不喜歡這裏？」

因爲孫瑩的緣故，傅華更感覺一個有責任心的男人是應該珍惜對自己好的女孩子的，便笑了笑，伸手去握住了趙婷的手，輕聲說：「沒有，只要你喜歡的地方，我都會喜歡。」

趙婷呵呵笑了：「別說得那麼肉麻了，我看你的神色，好像你並沒有說實話啊。」

「我只是這些天爲了解決這件事情，跑前跑後，有點累了，坐一會兒就好了。」

「是啊，我想這段時間你受的壓力肯定是挺大的。」

「幸好我還有你肯跟我分擔。」傅華充滿愛意地伸出另一隻手輕輕撫摸著趙婷的臉頰，「老天爺待我真是不薄啊。」

趙婷的臉貼緊了傅華的手，輕聲說：「今後我不要你再跟我分得那麼清楚，我的就是你的，我願意幫你分擔一切。」

傅華心底一陣感動，這個女孩子這麼死心塌地的對自己好，自己是一輩子都不能辜負她了。

傅華輕輕吻住了趙婷的小嘴，有時候，心動只是剎那間的事情，這一剎那間，他感受到了趙婷對他的特別，她就是自己在茫茫人海中尋找的另一半，他此刻吻的不再僅僅是一個女人，而是他選定的未來共同生活的伴侶。

身邊有人經過，趙婷急忙將傅華推開，別看她性格直率，大大咧咧，可是並不習慣在這樣一個場合跟傅華表現得過分的親密。

燭影中的趙婷滿面紅暈，一副嬌羞的樣子，傅華看在眼中，心裏十分甜蜜。

趙婷笑笑，推了傅華一把：「好啦，你別直直地看著我了，我會不好意思的。」

傅華笑了：「呵呵，真是想不到，你原來還會這麼害羞。」

趙婷扭了傅華胳膊一下：「你就會來欺負我。」

傅華抓住了趙婷的手，輕輕地握住，趙婷並沒有掙扎，任憑傅華握住，倆人靜靜地坐著，誰都不說話，幸福流淌在空間裏。

過了好一會兒，趙婷打破了沉默，說：「我爸爸想要你去我家裏吃頓飯。」

傅華還沉浸在幸福裏，有點恍惚，問道：「你說什麼？」

趙婷說：「我爸爸想請你去家裏吃飯。」

傅華笑了：「叔叔是不是想嘲笑我？當初他花一千六百萬買我陪在你身邊我不幹，現在你一分錢沒花，就把我抓住了。」

趙婷哈哈大笑：「別說，你這傢伙是夠倔的，難道說一千六百萬都不能吸引你嗎？」

傅華輕輕笑笑：「說實話，我當時心裏也癢癢的，一千六百萬吶，好大一筆錢，這要是我自己的該多好。」

趙婷說：「那你還不要？」

傅華說：「我如果要了，你是不是可以拽著我耳朵說，這傢伙是我花一千六百萬買來的，我想怎麼欺負就怎麼欺負？我才沒有那麼傻呢。」

趙婷笑了：「我現在也想拽你的耳朵，想說你是我的，想怎麼欺負就怎麼欺負，不行啊？」

說著，趙婷伸手去拽傅華的耳朵，傅華並沒有躲，聽憑趙婷拽住了他的耳朵，趙婷愣了一下，笑了：「你怎麼也不躲，這麼乖？」

傅華看著趙婷的眼睛：「我現在就是你的，當然是你想怎麼欺負就怎麼欺負了。不過這是我心甘情願的。」

趙婷充滿愛意地輕揉了一下傅華的耳垂，「算你乖，會說話。」

傅華看了趙婷一眼：「我上次並沒有接受叔叔的好意，這一次他請我去吃飯，是不是想借機凶我啊？」

趙婷笑了：「不會的，我爸爸挺欣賞你的，這一次我把支票退給他，告訴他你把問題解決了，他很驚訝，說你不但有骨氣，而且有能力，還誇我有眼光。」

傅華笑笑：「這麼說，叔叔這一關我是可以過了，不知道你媽媽那邊怎麼樣？她會不會看不上我這個窮小子呢？」

趙婷說：「我媽媽挺開通的，不會爲難你的！」

傅華促狹地笑笑，說：「難道你媽媽就沒想把你嫁給什麼名門公子、豪門第二代的？」

趙婷說：「沒有啦，你肥皂劇看得太多了，我媽才沒這麼八卦呢。」

傅華說：「那我就放心了，看來我去會很受歡迎的，你媽媽肯定高興你總算找到了要你的人家了。」

趙婷笑罵道：「去你的，你以爲我嫁不出去呢？不信你放我自由，我明天就可以嫁出去。」

傅華笑了：「想得美，你已經是我的了，逃不出我的掌心了。」

兩天後的晚上，趙婷帶著傅華去了她家。

趙婷的家位於北京精華地帶，是一棟高層住宅的頂層。趙婷打開家門，拖著傅華走了進去，叫道：「爸、媽，傅華來了。」

趙凱從客廳走了出來，身後跟著一位婦人和一位年輕人。

傅華看那位婦人幾乎是趙婷的翻版，只是多了幾分豐腴，多了幾分雍容，便知道這是趙婷的媽媽了。至於那位年輕人，神態跟趙婷有幾分相似，比趙婷還有些稚氣，應該是趙婷的弟弟趙淼。趙婷閒聊時說過她有個弟弟，因爲算命的說他命中缺水，就以三個水的淼字做了名字。

趙婷指著婦人介紹說：「我爸爸你已經見過了，這位是我媽媽。」

趙凱點了點頭，伸手說：「你好。」

傅華跟趙凱握了握手，說：「叔叔好。」

趙婷的媽媽也伸手出來說：「你好。」

傅華笑著跟趙婷的媽媽握手：「阿姨好。」

趙婷的媽媽並沒有馬上鬆開手，上下打量著傅華，「不錯，不錯，難怪能讓婷兒爲你著迷。」

傅華心說這位阿姨大概跟趙婷都是一個直爽的性格，有什麼說什麼。

趙婷有些尷尬地說：「媽媽，你在說什麼呢？」

趙婷的媽媽鬆開了手：「好了，我不說了。」

趙婷拖過那位男青年：「這是我弟弟，趙淼，怎麼樣，是帥哥吧？」

傅華笑了：「當然是帥哥了。」

趙淼笑著跟傅華握手：「你好，老聽我姐念叨你，可算見到真人了。」

趙凱說：「好了，都別站在這裏了，去客廳坐吧。」

一行人就去客廳坐下，傅華趁機看了一下周圍，可以看得出趙婷的家面積很大，但裝飾並不奢華，似乎主人喜歡簡單樸素的風格，房間裝修整體看上去顯得雅致，並沒有新富階層那種張揚。傅華很喜歡這種風格，有一種家的氛圍，絲毫不會讓他感覺壓抑。

坐定之後，趙凱說：「傅華，我聽小婷說，楊軍把錢都退給你了？」

傅華笑笑說：「是啊，錢已經匯到我們辦事處賬上了。說來還沒跟叔叔說聲抱歉呢，上次您主動伸出援手，我不但沒謝謝您，反而對您有些不禮貌。」

趙凱笑了笑：「別客氣了，以後就是自己人了。再說，你也沒拿我的錢，謝什麼呢？」

傅華笑笑說：「不好意思，我這個人有時候脾氣倔了點兒。」

「年輕人有自己的原則是好事，這一點我和婷兒的爸爸都很欣賞。」趙婷的媽媽轉向趙凱說，「哎，老趙，我覺得這個年輕人身上有你當初的影子，你還記得我們第一次認識的情形嗎？」

趙凱笑了：「當這些年輕人的面說那些幹什麼。」

趙婷在一旁笑著說：「爸爸，我和趙淼從來還沒聽過你們的戀愛史呢，說來給我們聽聽，也好讓我們學習學習。」

趙凱瞪了趙婷一眼，笑著說：「什麼戀愛史，傅華在這裏，你也不怕人家笑話。」

趙婷拽著媽媽的胳膊撒嬌說：「媽媽，說給我們聽聽吧，到底當初爸爸是怎麼追到你的？」

趙婷的媽媽瞟了趙凱一眼：「什麼你爸爸怎麼追我，你爸爸當初可拽了，我第一次見到他的時候，他就給了我一個下馬威。」

趙凱笑著說：「什麼我給你下馬威，是你在我面前擺大小姐架子才對。」

原來，趙凱那時還是朝陽區一個機關的小幹事，趙婷的媽媽去這個機關辦事。趙婷的外祖父當時是朝陽區裏的幹部，加上趙婷媽媽的姐夫，即楊軍的父親，已經是朝陽區一個有頭有臉的人物了，人們都知道趙婷媽媽的背景，人又長得漂亮，所以機關裏的人都讓著她三分，寵著她三分。

那次趙婷的媽媽少帶了一份資料，趙凱審查完之後，就要她補全資料才能幫她辦理。她覺得這是件小事，說讓趙凱先辦，回頭她把那份資料讓人帶過來給他。但是趙凱非要她補齊了資料不可，就連科長說情都不肯通融，最後逼著趙婷的媽媽到底還是回去把資料拿來了。

當時很多人都以爲她會討厭趙凱，結果卻令人大跌眼鏡，她卻因此喜歡上了趙凱，事後就常來找趙凱辦事，一來二去，趙凱對她也有了好感，這段婚姻就這麼成了。

傅華心裏暗暗感到好笑，這趙婷母女還真是一個性子，都喜歡跟自己對著幹的男人。想想也是，她們都處於一個優渥的環境中，那些過於順服她們的男人，可能是圖的她們身後的背景，而不是愛她們本人，從這一點上看，這對母女不光漂亮，還很有頭腦。

家裏的保姆說飯菜已經準備好了，趙凱就招呼大家入席。飯菜以清淡爲主，做得很精緻，吃起來滋味很好。席間，還開了一瓶紅酒，大家隨便倒了一些喝著。

味。

趙凱夫妻顯得很隨和，跟傅華聊了些家長，讓傅華感受到了一種久違的家庭溫馨滋味。

吃完飯，趙凱對趙婷說：「小婷啊，你和你弟弟陪你媽媽去聊會兒，我帶傅華去書房坐坐。」

趙婷看了看趙凱，她擔心趙凱對傅華會很嚴厲，就說：「爸，你有什麼要跟傅華說的，就在這裏說嘛，去書房幹什麼？」

趙凱笑了：「我們男人和男人之間交流一下不行嗎？怎麼了，你害怕爸爸會吃了傅華？」

趙婷說：「可是……」

「你不用替我擔心，」傅華打斷了趙婷，「你先陪阿姨過去坐會兒，我跟叔叔聊聊。」

趙婷忍不住擔心地看了傅華一眼，傅華輕輕拍了拍她的胳膊：「去吧，我沒事的。」

趙婷這才跟她媽媽和弟弟去了客廳，傅華就隨著趙凱去了書房。

進了書房，趙凱笑著說：「人說女心外向，還真是不假，看小婷對你那麼好，我這個做父親的都有點妒忌了。」

傅華笑了笑，他知道這種父親對女兒獨佔的情結，父親看到女兒喜歡了其他男人，心裏肯定是不舒服的。

傅華環視了一下四周，笑著錯開話題說：「叔叔，您這裏的書倒不是很多啊。」

趙凱笑笑說：「書有用的就那麼幾本，我又不需要用書來裝門面，沒必要搞得汗牛充棟的。」

傅華看了趙凱一眼，心說這是一個看事情很透澈的人，今天這場談話怕是不會輕鬆了。

傅華笑笑：「叔叔說的是，古人早就講過了，盡信書，不如無書。」

趙凱看了看傅華：「好了，我們不扯這些閒篇了。傅華，你老實跟我說，你這次是靠什麼手段逼著楊軍把錢退給你的？」

傅華愣了一下，他知道眼前這傢伙是在商場久經歷練的，看來他對自己說給趙婷聽的說辭不相信，因此才有這麼一問。可是也不能完全把底兜給他，那樣事情不太好解釋，便笑了笑說：

「是這樣，我找到了騙我的那個井田公司的老總，那老總手裏留有他跟楊軍合謀騙我的錄影證據，我說要拿證據讓我們海川警方抓人，楊軍受不住，就把錢退給我了。」

「傅華，你不要在我面前回避問題的重點。」

傅華看了趙凱一眼：「事情就是這個樣子，我沒跟您說謊。」

趙凱冷笑一聲：「你是沒說謊，可是你故意回避了問題的重點，說吧，你是怎麼找到那個邵彬的？你可別告訴我是你一個朋友正好遇到了邵彬。」

傅華心說這趙凱果然不簡單，他一眼就看透了問題真正的關鍵所在，便笑了笑：「叔叔您果然厲害，我不是故意要隱瞞您，實在是我一個朋友幫我找到的，至於她用了什麼方法，走了什麼管道，我也不是很清楚，我那個朋友也不想讓我知道太多，因此就沒跟我詳細交代。她通知我的時候，邵彬已經在她的控制之下了。」

趙凱看了傅華一眼：「這個她是女子旁的她吧？」

傅華驚訝地看了看趙凱：「叔叔您怎麼知道？您調查過這件事情？」

趙凱點了點頭：「不錯，我是調查過這件事情。原因嘛，相信你也能理解，我就這麼一個寶貝女兒，不想看她所托非人。你處理楊軍這件事情，確實令人心生疑竇，你一個外地來京不久的人，憑什麼能在茫茫人海中把一個刻意躲藏的騙子找出來？據我所知，要做到這一點只有兩種可能，一是公安機關發出了一級通緝令，全面通緝邵彬；另外一種可能就是透過地下管道。而你沒在公安那裏立上案我是知道的，那剩下來就只有一種可能了，就是你走了地下管道。所以趙婷一跟我說問題你自己解決了，我就對你產生懷疑，想辦法做了一些調查。」

傅華笑了笑：「您果然老道。我不是不可以將事情的來龍去脈全部都告訴您，只是我怕講了您不一定會相信。」

趙凱笑了：「你沒講，又怎麼知道我一定不會相信？」

「那我就跟您實話實說了，不過我希望能幫我保密，不要再讓別人知道這件事情了，尤其是趙婷。我倒不是做過什麼錯事，我只是不希望她誤會。」

接著，傅華就講了事情的全部經過。從他認識孫瑩開始，因此結識初茜，初茜又是如何幫他解決這件事的。

最後傅華特別強調了自己跟孫瑩和初茜之間只是朋友關係，並沒有什麼男女之情。當然，他在講述的過程中回避了跟孫瑩相見的細節。

趙凱聽傅華講完，問道：「你說你跟孫瑩和初茜之間是清白的，這可能嗎？」

傅華苦笑了一下：「我也知道這件事情從常情來看，似乎不太可能，所以我並沒有在趙婷面前全盤端出，我怕她誤會我跟這倆人有過什麼私情。反正現在我是實話實說了，信不信由您。」

趙凱盯著傅華的眼睛看了一會兒，笑道：「你能爲小婷著想我很高興，這件事情是不適合告訴她真相的。這件事如果換在別人身上，我一定不會相信你跟那兩個女人是清白的，不過發生在你身上就另當別論，你這傢伙能對著一千六百萬不動心，敢面對牢獄之災不屈服，算是有骨頭的漢子。我相信你。」

傅華鬆了口氣，「謝謝您的理解。」

趙凱說：「不過我希望這件事情能到此爲止，你跟那個初茜不要再接觸下去了。」

傅華撓了撓頭：「這個似乎不太好，我欠了初茜莫大的人情，這是需要還的。而且她背後那個所謂的乾爹，也不知道是個什麼樣的人物，我想也不是可以輕易得罪的。」

趙凱說：「你是不是爲她的美色迷住了？」

傅華笑了：「這倒不是。這樣吧，初茜說她要回海川投資，要我幫忙，我會把她介紹給我在海川的朋友，儘量避免跟她的接觸，好嗎？」

「也好。不過，有些事情我事先警告你，北京這個地方藏龍臥虎，你千萬不要好奇去深究那個所謂的乾爹，這等人物不是你可以招惹的，明白嗎？」

傅華點了點頭：「初茜也有這個意思，其實我事先也不知道她會這麼做，這方面我向來小心的。」

「你明白就好。現在你的危險已經順利得到了解決，下一步可有什麼打算嗎？」

傅華笑笑說：「我能有什麼打算，繼續做我的駐京辦主任吧。」

趙凱笑了：「現在看來，小婷是認定你這個傢伙了，怎麼樣，想沒想過過來幫我？我這麼問你，是因爲你在駐京辦本身發展的空間就不大，加上你又出了這麼碼子事，前景更加黯淡。」

傅華搖了搖頭，他可沒有想過到通匯集團做什麼駙馬爺，他不是討厭從商，他只是不喜歡以裙帶關係作爲他從商的起點。

「你不要顧慮什麼，我和你阿姨對女兒和兒子是一視同仁的，將來通匯集團必定有一半是小婷的，小婷向來不願意理公司的事務，將來這一塊還得你來管理，你來幫我也是爲了未來接手做準備，很應該啊。」

傅華笑了笑，說：「我不是在顧慮什麼，我只是暫時還沒有這個人生規劃。」

趙凱看了看傅華，說：「你不是暫時沒這個人生規劃，你只是不想通過裙帶關係進通匯集團，對吧？」

傅華不好意思道：「還真瞞不住您，多少是有這方面的因素。」

趙凱笑了笑，說：「別說，你某些方面跟我還真像。其實你所介意的東西真的沒什麼的。我當初跟你一樣，覺得要靠自己的努力去獲得成功，不想要你阿姨家的幫忙，說白了，也就是想證明自己的實力，不想靠關係。可實際上呢，我走到哪裡都是帶著你阿姨家的背景的，很多時候別人介紹我，都是某某人的女婿，某某人的連襟。開始的時候我覺得很彆扭，似乎我做出的每一步成績都離不開你阿姨家這個背景，所以難受了很長一段時間。後來我岳父跟我深談了一次，他跟我說，你要在這個社會上成功，是不可能離開你的人際關係的，這點你承認吧？我說這一點我也承認。我岳父說，既然這樣，你的朋友，你的同學，這些關係你去依靠他們，你感覺很應該，爲什麼你妻子這邊的親屬關係你去依靠了就不舒服呢？這兩者之間有什麼區別嗎？都是社會關係，沒區別嘛。你之所以爲此感到彆扭，是你覺得有人會說你閒話，你是被別人的意見左右了你的感覺。」

說到這裏，趙凱停頓了下來，看了看傅華，接著說道：

「今天你跟小婷走到了一起，相信日後別人評價你，必然離不開我趙凱，肯定也會有人在背後指指點點，說你做出的成績是沾了小婷的光。你如果真的介意這個，我勸你還是早一點離開小婷算了，因爲你想別人不指指點點近乎不可能，就算你沒沾小婷任何光，有些人也會嫉妒地說，你是靠了我趙凱才會發達的。所以你選擇了小婷，實際上就是選擇了她的背景。」

傅華笑了笑說：「這一點我考慮過，我既然要跟趙婷在一起，我就要接受她的一切，包括因此帶來的閒言碎語。」

趙凱笑了：「你比我聰明一點，我是被我岳父點了一下才醒悟了這個道理，才坦然接受了這一切。實話說，沒有你阿姨家族的幫助，通匯集團不會有今天的成績。有些時候，親人給你的幫助才是最堅定、最可靠的。」

傅華被說得不好意思了起來，確實，他推辭不去通匯集團的主要原因之一，就是因爲跟趙婷的關係。不過傅華並不想就範，他不肯離開駐京辦，還有一個很重要的原因，他答應過曲煒要把駐京辦搞好，他不能虎頭蛇尾。便說：

「我說過這些不算主要的因素，我看目前通匯集團在叔叔的管理之下蒸蒸日上，並不是真的需要我去做什麼，我去了也不能幫你什麼。但我如果離開駐京辦，駐京辦這裏就又變成了一灣死水，我當初對我們市長有過承諾的，我不想言而無信。再說，我在北京的社會歷練尙少，我也想借駐京辦這個舞臺，豐富一下我的社會閱歷。」

趙凱笑笑：「好了，你不用解釋那麼多了，看來目前通匯集團還不足以吸引到你，你就當我這個提議沒說過好了。」

堅持自我

趙凱哈哈大笑：

「一個人要想獲得成功，有一種素質是必須具備的，那就是堅持自己，甚至需要堅持自己到一個偏執的程度。賈伯斯你知道吧？你覺得沒有他那種對追求完美的偏執，蘋果公司能有今天的成功嗎？」

傅華不知道自己該說什麼了，趙凱打開了桌上的雪茄盒，問道：「要不要來一支？」

傅華搖了搖頭：「我不抽菸的。」

趙凱哦了一聲，沒再說什麼，就自己抽出了一支，也不點燃，只是拿在手上把玩。

談話出現了短暫的沉默，傅華看了看趙凱，說：「叔叔，您要抽就抽吧，我不介意的。」

趙凱笑笑說：「我不是要抽，我只是喜歡拿著它想事情。」

傅華以爲趙凱還在想自己拒絕了他的邀請的事情，便說：「我看趙淼年紀也不小了，應該也可以幫上叔叔的忙了。」

趙凱搖了搖頭：「我這兩個孩子跟你不同，他們從小成長的環境太過優渥，沒吃過什麼苦。他們遇到什麼問題，總先想到是不是可以用錢去解決。這次你出事，小婷跟我要一千六百萬給你就是一個很典型的例子。不錯，很多時候錢是能夠解決很多問題，可是錢不是萬能的，真正關鍵的時候，光有錢也是不行的。」

「能力可以慢慢培養，有叔叔這麼好的老師，趙淼一定能有所作爲的。」

趙凱笑著搖了搖頭：「傅華，你不明白。小婷和小淼欠缺的不是頭腦，他們欠缺的是責任感和踏踏實實做事的作風。這一點主要責任在我，我小時候家裏很困難，吃盡了苦，所以不想讓自己的孩子也像自己一樣受罪。就養成了孩子們養尊處優，什麼都不積極爭取的個性。」

這是爲什麼趙凱要積極招攬傅華進通匯集團的原因之一，他已經看到自己兩個孩子身上的弱點，因此對於趙婷跟傅華交往是很高興的。傅華是一個有能力、有責任感，在某些方面還能做一些變通的人，跟趙婷結合以後，一定會對他這個家族有所助益。這樣的人才即使不是趙婷的交往對象，他也是想要招攬的。

同時，傅華的能力也讓他不無擔心。趙婷是一個毫無心機的女孩子，對什麼都不防備，對傅華更是死心塌地，她是沒有辦法控制像傅華這樣的人的，趙凱擔心趙婷會受傅華欺負，因此也有將其招致麾下加以節制的意思。

可是傅華拒絕了趙凱的提議，如何能對傅華加以控制，讓他順利的納入自己家族的軌道，就成了趙凱目前急需解決的問題，這也是他把玩雪茄時腦子思索的問題。

「您既然想到了這一點，何不把趙淼放到基層，讓他從最基本的做起，相信經過一番歷練，他一定會知道賺錢是艱辛的。」

「這一招行不通，小婷就是個例子，我讓她去基層，她幹了不到一個月就不肯幹了。我可不想再把趙淼也弄煩了，等他明年大學畢業，我可能會給他一個高層一點的職位，慢慢帶他吧。不說他了，還是說說你吧。你把錢拿回來了，下一步準備怎麼辦？」

傅華笑了笑：「這次是因爲我過於貪大，所以才會栽了這麼大一個跟頭，我認爲還是腳踏實地一點的好，所以，我打算用現有的兩千萬資金買一間辦公室好了。」

「不建大酒店了？」

「不建了，當初是我有些頭腦發熱了。其實我也不懂酒店方面的經營，真要建起來，也不知道該怎麼去管理。」

趙凱搖了搖頭：「作爲一個管理者，難道一定要什麼都懂嗎？照你這麼說，我豈不是經營不好通匯集團？通匯集團涉及到很多領域，我並不是每個領域都懂得的。」

傅華笑了：「我只是在說自己有些貪大了。坦白講，我現在想想被騙的過程還是有些害怕。」

「你不是就這麼容易認輸吧？遇到點挫折就退縮，這應該不是你的風格。」

「我不是退縮，我只是認爲自己在這裏面可能有些事情做錯了。」

趙凱笑笑，說：「傅華，你這麼想就錯了。你從頭到尾想一想，你在這件事情中做錯過什麼嗎？沒有。但這世界並不是公平的，並不會因爲你做對了事情，做一個好人，就會給你你所想要的。你知道你爲什麼被騙嗎？」

「爲什麼？」

趙凱指了指窗外：「你看看外面。」

傅華往窗外看去，趙婷的家是在一個高層建築的頂層，書房的落地窗外是北京高樓林立的夜景，霓虹燈閃爍，一片繁華景象。

趙凱說：「你看到那些高樓了嗎？」

傅華點了點頭，說：「看到了，在您這裏看北京的夜景還真漂亮。」

「是啊，北京越來越繁華，越來越漂亮了。可是你知道這漂亮的高樓大廈背後有許多的爾虞我詐，有許多見不得陽光的一面嗎？這是因爲現在是資本主義時代，人們很大一部分的目光都放到了他們能夠賺取的經濟利益上面，爲了利益最大化，他們必然會挖空心思、不擇手段地去攫取。你被騙不是因爲你錯了，他們的手法才是你被騙的真實原因。」

「可是商業也應該有其倫理道德的。」

「你說得不錯，商業社會確實應該有其必需的倫理，可是我們國家現在正處於舊的倫理被打破，新的倫理尚未完全建立的時期。我們整個社會都在摸著石頭過河，還處於探索階段，有些倫理節點上的空白是很正常的。」

「看來還有許多法律不健全的地方。」

「是，是有許多漏洞，你如果看不到這一點，就不要想在這個社會上生存。我在通匯集團每天都接觸很多人，形形色色的人物都有，形形色色的手法都有。有的巴結我，有的威脅我，有人跟我合作，有人跟我敵對，歸根結底，他們都是想從我這裏攫取他們最大的利益。我需要時時刻刻提防，才能避免被別人吞噬。」

傅華笑了，說：「您也在從別人那裏獲取您的利益吧？」

趙凱哈哈大笑：「不錯，我也是在別人那裏攫取我最大的利益。交易都是在這種勾心鬥角、爾虞我詐中達成的。其實你所在的官場和我所在的商場本質是一樣的，甚至某種程度上，他們其實就是一個東西，之間並不是那麼界限分明的。所以你被打擊、被欺騙在我看來，其實再正常不過了，這是一個必然會發生的過程，因爲你那裏有別人想攫取的利益，又或者你妨礙了別人獲得他們的利益。你真的沒必要爲此自責，沒有必要爲此放棄原來的想法。一個人要想獲得成功，有一種素質是必須具備的，那就是堅持自己，甚至需要堅持自己到一個偏執的程度。賈伯斯你知道吧？你覺得沒有他那種對追求完美的偏執，蘋果公司能有今天的成功嗎？」

傅華笑道：「叔叔，聽您這一席話，勝過我讀十年書。您說得對，我還是應該堅持我原來的想法。」

趙凱說：「這也是用血的教訓換來的經驗。」

這時，書房的門被敲響了，趙凱笑了：「肯定是小婷不放心，怕你被我教訓。」

果然，門打開了，趙婷走了進來，笑著對趙凱說：「爸，你跟傅華談什麼，談這麼久時間？」

趙凱笑著說：「我們說些商場上的閒話，怎麼了，怕我欺負傅華？」

趙婷說：「沒有啦，就是來看看你們在說什麼。」

傅華笑笑說：「沒事，我跟叔叔在學東西呢。」

趙婷笑了：「我爸在教訓你吧？他呀，就是這個樣子，老喜歡教訓人。」

傅華說：「不是了，叔叔人生閱歷豐富，真的有很多東西讓我學的。」

趙婷笑笑：「看來你們還很投緣，那我就不打攪你們了，出去了。」

趙凱原來將傅華帶到書房，是因爲他調查到傅華跟初茜這樣一個漂亮的女人有牽扯，他想問明白其中的情形，怕傅華拈花惹草，所以不想讓趙婷知道，現在那個話題已經解釋過了，後面的談話也不必避諱趙婷了，便笑笑說：

「你既然來了，就坐下來一起聊聊吧。」

趙婷笑了：「我可以留下來嗎？不妨礙你們說悄悄話吧？」

趙凱笑笑：「留下來吧，省得你出去了心還牽掛著這裏。」

「爸，你說什麼呢，我怎麼會牽掛這裏。」趙婷一邊紅著臉嗔怪說，一邊卻已經坐到了傅華身邊的座位上去了。

趙凱看著女兒含笑搖了搖頭：「你來了也好，我正好有事想跟你說。我問你，你願意去幫傅華做點事情嗎？」

趙婷笑道：「你想讓我做什麼？」

「這次因爲你的緣故，集團出了一千六百萬資金，現在傅華沒用這筆錢，這筆錢暫時就閒置在那裏，現在我想給這筆錢派個用場，就用在和傅華合作建酒店上。」

趙婷高興地說：「好哇，爸爸你這個決定真是英明。」

趙凱笑笑：「幫你男朋友就是決定英明？」

趙婷臉紅了，傅華在一旁說：「叔叔，您對我這個案子並沒有深入的瞭解，您可不要只是爲了趙婷，就盲目地跟我合作。您是不是綜合評估一下，再來看是否要跟我合作？」

「你這傢伙，不要總是這個樣子，你以爲我會沒原則地去投資嗎？實際上，我通盤考慮了一下你的酒店計畫，我覺得這計畫還是可行的。這主要基於兩方面的考慮，一是據我觀察，中國經濟已經走入了上軌道，未來一段時間內，我們全社會的經濟會有一個很大的發展，北京作爲首都，經濟文化中心，又有著豐富的旅遊資源，酒店業應該是有著很好的前景的，同時我們通匯集團也有一定的客源，很需要一座自己的酒店；二是，我相信你的眼光，你這個人不會一時衝動就做決定的。反正我估算了一下，你的兩千萬是不足以把酒店建起來的，一定需要跟人合作才行，既然如此，我們合作一下又何妨呢？」

其實還有一個原因趙凱沒說，那就是這次合作能夠強化趙婷和傅華的聯繫，更有利於他們感情的發展。如果花掉這一千六百萬能夠給女兒籠絡住一個優秀的男人，就是全損失了也是值得的。

趙婷說：「傅華，我覺得爸爸說得有道理，你還是接受了吧。」

傅華想了想，說：「謝謝叔叔了，我接受。」

趙婷笑了：「那就好，那就好。」

趙凱對趙婷說：「你先別急著說好，既然我拿出了這麼大一筆錢，你也得幫我出點力，我要你出任通匯集團一方的投資代表，你要負責監督傅華把這個酒店建好。」

趙婷皺了一下眉頭：「怎麼還要我做事啊？你都交給傅華去做不就好了嗎？」

趙凱瞪了趙婷一眼：「小婷啊，你也是通匯集團的一分子，也要爲通匯集團出點力的。再說傅華只是代表著海川市駐京辦，他那方的投資並不是他個人的。」

趙婷苦笑了一下：「我又沒做過什麼投資代表，我能行嗎？」

趙凱笑笑：「你不做也行，那我就收回這個建議，不跟傅華合作了。」

趙婷叫了起來：「爸爸，你這是非逼我去做，好啦，我答應你就是了。」

趙凱笑笑：「你答應就好，傅華，你也知道趙婷對生意的事情都不懂，所以有些事情你要多照顧她，不要讓我們通匯集團吃了虧啊。」

傅華笑了，說：「叔叔放心吧，我會一碗水端平的。」

趙凱笑說：「回頭我們雙方商量一下，擬定一個合作協定，這個項目就可以啓動了。」

傅華說：「應該的。不過，目前我還沒有找到合適的地塊來建這個酒店，怕要啓動這個項目需要點兒時間。」

趙凱笑笑：「我心目中已經有合適的地塊了。」

傅華說：「在哪裡？」

趙凱說：「你知道在哪裡，我說的就是井田公司的那塊地啊。」

傅華看了看趙凱：「這麼說，叔叔有辦法將那塊地拿到手了？」

趙凱笑了笑：「通匯集團跟井田公司抵押地的那個都市銀行有很好的合作關係，眼下井田公司肯定是不會積極還款的，那塊地最終是要歸都市銀行來處理。相信我如果說要那塊地，都市銀行的劉行長一定會幫我留心的。」

「叔叔的調查工作做得還真是到位。」

「我能把通匯集團發展到今天這個樣子，靠的不是僥倖，是謹慎和仔細。你在規劃戰略的時候儘可以大膽，但要去實施戰略的時候一定要謹慎和仔細。」

傅華臉紅了一下，他覺得趙凱似乎在譏諷他這一次解決被騙事件完全是靠僥倖，不過也確實是因爲自己僥倖認識初茜，才有機會抓到邵彬，才解決了難題。

傅華笑了笑，說：「看來我以後跟叔叔要學的東西很多。」

趙凱對傅華的反應很滿意，一個人越是有能力，越是應該能夠接受別人的意見，傅華這方面還是表現得不錯的，便笑笑說：「等過幾天，我介紹你跟都市銀行的劉行長認識一下，探討一下這塊地的處置方案。」

傅華點了點頭，說：「我聽叔叔的。」

幾天之後，趙凱約了都市銀行的劉行長跟傅華一起打了一次高爾夫。

劉行長是一個五十歲左右，個子高高的北方漢子，說起話來很爽朗，聽趙凱說想要拿井田公司那塊地開發酒店，就爽快地答應說，只要井田公司一出現不能還款的苗頭，他們就會儘快安排處置這塊抵押的土地，到時候他會首先通知趙凱的。

看來事情不是可以一蹴而就的，雖然井田公司擺明了不會還款，可是要啓動處理抵押物的程序還需要一段時間，傅華只好等待進一步的消息了。

關於傅華被騙的行政處分下來了，他受到了行政警告處分，傅華感覺這是很應該的，就默默地接受了下來。由於傅華並沒有造成實際性的損失，各方對這一處分都還能接受。

在處分下來的第三天，傅華正和趙婷在外面吃晚飯，接到了曲煒秘書余波的電話，余波說讓傅華準備準備，曲煒市長後天要到北京參加在梅地亞中心舉行的中國首屆沿海城市市長論壇。

自處分下來，曲煒還沒有跟傅華通過話，傅華也有些事情覺得應該跟曲煒談談，這次曲煒來，倒是正好，便笑笑說：「余秘書你放心吧，我會準備好迎接曲市長的。」

余波笑笑說：「我當然放心了，傅主任你跟了曲市長多年，他的一切你都很熟悉了，我相信你一定會安排好的。」

傅華放下了電話，趙婷笑著說：「你們市長來你就高興得成這個樣子了，是不是又有了巴結的機會？」

傅華說：「你把我看成什麼了？曲煒對我來說不僅僅是一個領導，他對我來說更像一個父親。從我踏上工作崗位，我在他身邊工作了八年，他一直很關照我，讓我少走了很多彎路。」

確實，傅華在曲煒那裏感受到的是一種父愛的關懷，他父親去世得早，對此自然是越發感到珍惜。

不過，自從傅華離開海川到北京來，尤其是他帶鄭老回鄉之後，他漸漸感覺到有些被曲煒疏離，他隱約覺得曲煒似乎對他帶鄭老還鄉這件事情很不高興，確實，這件事情客觀上幫了孫永很大一個忙，對曲煒是一個不小的打擊。不過，他又覺得曲煒似乎不會那麼小氣，他從頭到尾只是恪盡職責而已，而且也跟曲煒做了必要的彙報，曲煒實在沒有理由再來怪他。

也許曲煒對他的疏離，只是因爲倆人不再朝夕相處的緣故。人就是這個樣子，朝夕相伴自然會有一種感情，如果僅僅是偶爾的電話聯繫，再深的感情可能也會逐漸淡漠的。

這一次可以跟曲煒好好相處幾天，傅華自然是很高興，他很想好好招待一下曲煒，借此修復倆人漸行漸遠的關係。

在機場接到曲煒和他的秘書余波的時候，傅華就感受到曲煒神色之間充滿著疲憊，便明白他的心情不是太好，簡單寒暄之後，傅華就將曲煒的行李接了過去，將他送到了梅地亞中心住下。

一切都安排妥當之後，傅華對曲煒說：「曲市長，我看您很累了，您先休息一下，晚上我過來給您接風。」

曲煒疲憊地笑了笑，說：「晚上你不用過來了，我真的是很累了，想多睡一會兒。」

傅華笑笑說：「那我明早再過來吧。」

曲煒點了點頭，沒再說話，傅華轉身就要離開房間，這時曲煒在背後說：「哎，傅華，你先等一下。」

傅華轉過身來：「曲市長您還有什麼事情嗎？」

曲煒說：「小余啊，你把那個地址給傅華，讓他查一下這個地址究竟在哪裡。」

余波就拿出了一張紙條，遞給了傅華，傅華看了看上面寫著翠海社區，傅華腦海裏對這個社區並沒有什麼印象，他對北京的街道還不是那麼熟悉，便笑笑說：「這個我需要找朋友去查一下。」

曲煒說：「那你就找朋友去查一下吧，不過這件事情要保密，不要跟駐京辦的其他人說。」

傅華看了曲煒一眼，看來這件事情曲煒並不想讓海川的人知道，便笑笑說：「我明白，我會小心的。」

曲煒揮了揮手：「你去吧，我要休息了。」

傅華轉身離開了房間，曲煒疲憊的神態讓他心中有些悵然若失，看來自己離開海川之後，曲煒的日子並不好過。還要趕緊去查這個所謂的翠海社區究竟在哪裡，傅華想了想自己的朋友當中，只有江偉是北京人，地皮熟，便打了電話過去。

江偉聽傅華說明了意圖，咂巴了一下嘴：「我可沒聽過什麼翠海社區，北京這些年建了很多社區，誰知道這個翠海社區在哪裡？」

傅華說：「這是我們市長要我找的，你費費心，幫我找一下。找出來回頭我好好請請你。」

「你們市長找這個社區幹嘛？不是要找什麼情人吧？」

「別油嘴滑舌了，我們市長是一個很正派的人，沒那些花花事。」

江偉笑道：「好啦，我找找我在公安的朋友給你問問就是了。」

江偉掛了電話，傅華心中也犯起了嘀咕，曲煒大老遠的跑到北京來找這個社區幹什麼？找社區肯定不是最終目的，找社區的最終目的一定是找人，那曲煒想要找的是什麼人呢？

第二天一早，傅華早早跑去了梅地亞中心陪著曲煒吃早餐。經過一夜的休息，曲煒的神色好了很多。傅華講了自己已經找朋友去尋找這個翠海社區，只是這個社區不是太有名氣，因此不太好找，需要點時間。

曲煒說：「我今天都會在會議上，你不用陪我了，去跟你的朋友一起找翠海社區吧。」

傅華說：「好的。」

傅華離開了梅地亞中心，開車去了江偉那裏，江偉見到傅華就笑了，說：「你怎麼這麼急啊，還用親自跑這麼遠來找我？」

傅華苦笑著搖了搖頭：「急的不是我，是我們市長。」

江偉說：「你敢不敢跟我打賭，你們市長找的一定是一個女人？」

傅華心裏也沒底，這次曲煒的行徑很出乎他的意料之外，笑問：「你怎麼這麼有把握？」

「要一個做官的男人這麼急去尋找的，一定是對他很關鍵的人，那就只有三種情況，一是與他仕途有關的人，但北京市與你們市長仕途有關的人，應該都是很高級別的幹部，他們的住處都在城市的中心，應該不難找；二是他的親人，但他的親人的住處他應該知道，所以不會讓你去尋找的；剩下來只有一種可能了，那就是他的情人，肯定是他們之間發生了什麼爭執，女方一氣之下躲了他，他又不捨得這個女人，因此就找到北京來了。」

「江偉啊，我還真沒發現，你挺能編故事的。」

「你別以爲我所說的沒有根據，你告訴我，他要你找這個社區，有沒有要求你保密？」

傅華愣住了，曲煒確實提出要對駐京辦那幫人保密，難道曲煒要找的真是他的情人？

江偉指著傅華笑道：「你發什麼呆啊，叫我說中了吧？」

傅華笑笑說：「被你蒙對了，我們市長是要求我對駐京辦其他工作人員保密。」

江偉說：「他如果不是見不得人，又怎麼需要保密？」

傅華不說話了，他想到了前段時間他跟曲煒通話時那個甜甜的女聲，想起了那次曲煒在自己面前接電話那個甜蜜的表情，他心中確定曲煒一定是有情人了，看來這一次曲煒神態上的疲憊不僅僅是由於工作，而更多的可能是與這個情人有關。

奇怪的表妹

傅華轉頭問余波：「這個女人究竟是誰？」
余波笑笑：「是曲市長的表妹啊。」
傅華瞪了他一眼說：「你別裝蒜了，曲市長有沒有表妹我還不清楚。」
「傅主任，這個女人究竟是誰，我想你也心知肚明，何必一定要我說呢？」

傅華在江偉那裏磨蹭了一天，傍晚時分，江偉接到了公安局朋友的電話，那朋友說他找到了一個叫翠海的社區，很偏僻，在昌平的沙河，都快到十三陵了。江偉記錄下詳細的地址，給了傅華。

傅華說：「先謝謝了，我要趕回去覆命，改天約你吃飯。」

江偉笑著說：「你快走吧，別跟我囉嗦了。」

傅華趕回了梅地亞中心，找到了曲煒，把自己瞭解到的情況跟曲煒作了彙報。

曲煒聽完，說：「不錯，可能就是這個地方，她跟家裏人打電話是說過這翠海社區很偏僻。」

傅華鬆了口氣：「對了就好，我跟朋友足足找了一天才找到。」

曲煒說：「辛苦了，傅華，不過，事情還不算完，你還要繼續辛苦一下，去這個社區幫我找一個人。」

傅華看了一眼曲煒：「您要我找什麼人？」

曲煒眼神躲閃開了，「是我的一個表妹，她跟家裏人鬧彆扭，就跑到北京來了，我想找到她讓她趕緊回家。」

傅華心知不是這麼簡單，他跟了曲煒八年，對曲煒的家庭狀況十分瞭解，他可以肯定曲煒根本沒什麼表妹。

傅華只能裝糊塗：「您這個表妹她叫什麼名字？」

「她叫王妍，小余那裏有她的照片，小余，你把王妍的照片給傅華一張。」余波就拿出了一張照片給傅華，照片上的女人看上去三十多歲，說不上漂亮，可是有一種少婦的風韻在，看上去很令人舒服。

曲煒說：「這是王妍近期的照片，你根據這個找吧。我和余波明天都在會上走不開，就不陪你去了。」

傅華點了點頭：「好的，我明天就去昌平看看。」

「你如果找到了她的住處，不要驚動她，回頭等我跟你一起去，我怕她知道我來了，就又躲起來了。」曲煒交代傅華。

第二天，傅華趕去了昌平，幾經打聽，終於找到了翠海社區，在物業那裏找到了業主的名單，確實有一個叫王妍的女業主，不過並不能確認就是照片上的那個人。傅華又找到了在社區門口值班的保安，拿著照片詢問他們，是不是有這樣一個女人出入，經過仔細辨認，其中一名保安確認確實有這樣一個女子出入這個社區。

傅華並不敢就此回去覆命，當過多年的秘書的他養成了謹慎的工作作風，他如果不能親眼確認王妍確實在這個社區，是不敢向曲煒彙報的。於是他買了幾盒菸給保安，然後便坐在保安室跟保安們閒聊，一邊等待著王妍出現。

臨近中午，一輛本田汽車開到了社區門口，那名確認王妍就在這個社區的保安推了一下傅華，說，開車的就是你說的那個女人。

本田在大門口停了下來，保安上前檢查出入證，傅華趁機走出保安室，走過去看了看車裏面的女人，看上去確實跟照片裏的女人很像，基本上可以確定她就是王妍了。

晚上，開完會的曲煒聽傅華彙報找到了王妍，驚喜地問道：「真的嗎？」

「我特意找機會看了一下那個女人，跟照片上的很像，應該就是了。」

曲煒緊張地看了傅華一眼：「你見過她？沒驚動她吧？」

傅華心裏彆扭了一下，心說有必要這麼緊張嗎？心裏越發確定這個女人跟曲煒的關係不簡單。

「沒有，我只是走近她看了看，沒說過話的。」

「傅華，你開車，我們一起去看看是不是她。」

「好的。」

傅華就開著車，帶著曲煒和余波去了昌平，在翠海社區，找到了王妍登記的住址，傅華對曲煒說：「王妍就住在這裏。」

曲煒說：「你去敲門。」

傅華就上前去敲門，裏面一個女聲問道：「誰啊？」

曲煒聽出就是王妍的聲音：「開門，王妍，我是曲煒。」

裏面沒有了聲音，半天也沒開門，曲煒急了：「王妍，你別鬧了好不好，我都跑北京來找你了，你還要幹什麼？」

門被打開了，一個少婦站在門裏，粗看上去，這個女人身材還算不錯，圓臉，長得還過得去，並不是那種狐媚型或者一看就令男人心動的類型，也不知道曲煒看上了她哪一點。

王妍幽怨地看了曲煒一眼：「誰叫你來的？」語調中已經有了幾分柔和，顯示出這女人的立場並不是十分的堅定。

曲煒轉身對傅華和余波說：「你們倆先下去，在車裏等我。」

傅華和余波應了聲好，便趕緊往外走。

曲煒看傅華和余波二人離開，這才進了王妍的家，王妍關上門，說：「你來找我幹什麼？你守著你老婆過就好了，又何必來找我呢？」

曲煒苦笑了一下：「王妍，你怎麼能這麼說，當初我們好的時候，你是知道我不能離婚的。」

「我那時候以爲我能接受這一點，可是每當夜晚你從我身邊爬起來回家的時候，我心裏就十分彆扭，我這過的是什麼日子啊，我守著的這個男人並不完全屬於我，他還有一半的心思放在另外一個女人身上。我甚至不能公開地宣稱，我擁有你這個男人。」

「王妍，你是知道我跟我老婆的婚姻實際上是名存實亡的，我早就不想跟她繼續生活下去了，我喜歡的只有你。只是我現在這個身分限制了我離婚的自由，我要維持一個好市長的形象。」

「你要顧你的好市長形象，可是你體諒過我的感受嗎？」

「我知道你過得也很苦，我以後會多抽時間出來陪你的。可是你也要體諒我，我現在正處在一個事業的關鍵期，我需要在這段時間衝刺一下，因此不能出絲毫的問題。等我的事業突破了眼前這個瓶頸，穩定了下來，我會離婚娶你的。」

王妍眼睛亮了一下，說：「你真的會離婚娶我？」

曲煒笑笑說：「你應該知道我對你的感覺，我不會騙你的。」

「可是我要等到什麼時候啊？」王妍神情黯然地問道。

「我不會讓你等很久的。只要有合適的時機，我馬上就會離婚的。你這次離開，讓我發現我越來越離不開你了，本來這次北京開會我可以不來的，可是為了找你，我還是來了。」

王妍軟化了下來，不自覺地靠進了曲煒的懷裏，說：「我希望你越快離婚越好。」

曲煒抱緊了王妍，說：「我會努力的。」

與此同時，在樓下的車裏面，傅華和余波靜悄悄地坐著，傅華時不時抬頭看看王妍住的單元，觀察這上面的情況。

上面的燈光一直亮著，傅華見沒什麼變化，轉頭問坐在副駕駛位置上的余波：「這個女人究竟是誰？」

余波笑笑：「是曲市長的表妹啊。」

傅華見余波裝糊塗，瞪了他一眼，說：「你別裝蒜了，曲市長有沒有表妹我還不清楚。」

余波笑了：「傅主任，這個女人究竟是誰，我想你也心知肚明，何必一定要我說呢？」

傅華厭惡地看了余波一眼，看來這傢伙早就知道曲煒跟這個王妍有一腿，卻不但不加阻攔，甚至有可能故意縱容他們之間的發展。

不過，傅華也明白問題的根源不在余波，問題的根源在曲煒自身，曲煒如果不願意，余波是沒有能力讓王妍搭上曲煒的。而且就目前的形勢來看，曲煒似乎深陷其中不能自拔，余波恐怕也不敢干預什麼。

傅華問道：「這個王妍是做什麼的？」

余波說：「在海川市區開了一家海益酒店。」

傅華問：「她跟曲市長是怎麼認識的？」

余波說：「曲市長一次去海益酒店喝酒，王妍去敬酒，雙方就這麼認識了。後來曲市長的一些應酬活動就安排在海益酒店，一來二去，他們之間就熟悉了。」

「這個王妍婚姻狀況如何？」

「王妍離過婚，沒有孩子，她的前夫很有錢，離婚的時候給了她一筆錢，她就拿著這錢開了海益酒店。」

傅華問：「那這王妍跑到北京來是怎麼回事？」

「具體情形我也不是太清楚，可能是王妍跟曲市長有了一些爭執，雙方互不相讓，王妍一氣之下，就離開了海川。」

「那你怎麼知道她在北京呢？」

「王妍本來是海川人，考大學考在了北京，後來就在北京嫁了人，離了婚才又回到了海川。因此她離開海川最大的可能去向就是北京。至於為什麼我知道是在翠海社區，是我跟海益酒店的會計打聽到的，王妍一次打電話回來安排酒店的工作，無意中說到了自己住的翠海社區太偏僻了，做什麼都不方便。」

傅華笑道：「你這個秘書做得倒稱職，連這樣的消息也打聽得到。」

余波看了傅華一眼，訕笑道：「傅主任，你不用說這樣的風涼話，說來你是我的前任，應該比我更明白這秘書的難做，難道你對上司的指示敢頂著不辦嗎？就說這次要你找翠海社區吧，我估計你心裏肯定也猜到了是要找什麼，可是你還不是跑前跑後的把事情辦了？」

傅華笑了，心說自己還真是有點五十步笑百步的意思。

樓上，王妍的房間，王妍偎依在曲煒懷裏，低聲嬌笑著說：「這段時間你真的想我了？」

曲煒笑笑說：「我不想你，我跑北京找你幹什麼？他們是費了老大的勁才找到你的，下次不准這樣子了。」

王妍笑笑說：「誰叫你惹我生氣了。哎，你叫誰找的我？你不怕他知道你跟我的關係嗎？」

曲煒說：「是駐京辦的主任傅華，我跟他說你是我的表妹。」

王妍笑了：「你說我是你的表妹，誰會相信？」

曲煒說：「不相信也沒關係，傅華原來是我的秘書，跟隨我多年，他不會壞我的事的。」

王妍笑笑說：「那就好。哎，你跟我說說，你都哪裡想我了？」

曲煒有些不好意思起來，說：「好了，別說那些瘋話了。」

王妍撒嬌說：「我不嘛，我就要你說給我聽。」

曲煒說：「好了，我心裏想你了，行了嗎？」

王妍曖昧地笑笑，說：「這麼說，別的地方就沒想我了？」

曲煒被王妍笑得渾身一陣酥麻，說：「好了，別逗了，說正經的，我後天就開完會了，你跟我一起回海川吧？」

「我偏跟你說不正經的，老實交代，到底哪裡想我了？」說著，王妍的手開始在曲煒渾身上下摸索，很快就伸到了下面……

曲煒感覺全身熱血翻湧，身體頓時僵硬了，不過他尚有一絲理智在，喘息著說：「別鬧了，他們還在下面等著我呢。」

「我偏要鬧。」說著王妍吻住了曲煒的嘴，舌頭侵略性地挑開了他的嘴唇，就和曲煒的舌頭糾纏在了一起。

曲煒再也控制不住自己，他撕扯著王妍的衣服，手在王妍身上四處游走，王妍呻吟了起來，嘴沿著曲煒的臉頰親吻到了他的耳朵，嬌喘著說：「我要你抱我到臥室去。」

曲煒抱起了王妍，走進了臥室，倆人相互撕扯著解除了對方的武裝，徹底地融合在了一起……

一場鏖戰結束，倆人疲憊地偎依在了一起，王妍嬌喘著在曲煒耳邊說：「我比你老婆好吧？」

曲煒摟緊了王妍的嬌軀，說：「當然，你比她好得太多了。」

「那你還不趕緊休了她。」

「你又來了，我不是跟你說現在時機不對嗎？」

王妍嬌笑著說：「好了，你別瞪眼了，我等就是了。」

曲煒沒再說話，倆人就這樣偎依在一起。過了一會兒，曲煒忽然想起了什麼，急聲問道：「哎，你剛才採取措施了嗎？」

偎依在曲煒懷裏的王妍身體僵了一下，冷冷地說：「怎麼了，怕我懷孕？」

曲煒陪笑著說：「你知道我們目前這種狀況並不適合懷孕的。」

王妍看了看曲煒，曲煒有些緊張地說：「你別光這麼看著我，到底你有沒採取措施啊？」

王妍撲哧一聲笑了出來：「看把你嚇得，我一直在吃避孕藥，你不用害怕了。」

曲煒鬆了一口氣，說：「那就好，那就好。」

王妍幽怨地說：「看你緊張的樣子，你放心啦，我不會用孩子賴上你的。說實話，我還真想要一個我們倆的孩子。我已經三十多了，眼見就要過了生孩子的最佳年齡了，再不生，我怕將來沒機會生了。」

樓下，車裏，從談話中，傅華心裏已經明白眼前這個余波也是一個聰明絕頂的人，便笑笑說：「小余啊，是，我們這些做秘書的都是爲領導服務的，有時候確實不能忤逆領導的指示。但是，有時候爲了領導好，也是要對其某些行爲加以勸止的。比方說這個表妹的事情，你應當適度地提醒一下曲市長，讓他明白他這種行爲並不合適，很可能危及他的領導威信。」

余波笑了：「傅主任，你認爲我可以勸說曲市長嗎？」

傅華笑笑說：「怎麼不行？我跟了曲市長八年，瞭解曲市長並不是一個聽不進別人意見的人。」

余波搖了搖頭：「傅主任啊，你把問題想得太簡單了，你先要搞清楚，你是從什麼時間開始跟曲市長的，我是從什麼時間跟曲市長的。」

傅華奇怪地問：「這有什麼區別嗎？」

余波笑笑說：「區別大了，你跟曲市長的時候，曲市長還是一個排名靠後的副市長，那時候他還沒有得志，做什麼事情都很謙卑，對群眾的意見自然能從善如流。而我呢，我跟曲市長的時候，他已經是海川市的二把手，在海川市，除了孫書記，再沒有第二個人的職務比他高。此時他躊躇滿志，做什麼事情都有他自己的定見，一個下屬想要去進諫言，就要考慮一下自己的分量是否足夠，否則除了讓他討厭之外，沒有別的下場。」

這一點傅華還從來沒想過，此時想一想，余波說得倒也不無道理。自己跟曲煒做秘書時，曲煒剛調到海川市不久，確實做事很謙卑，見到市政府的工作人員跟他打招呼，他都是含笑回應，也問他們好，甚至對有些年紀較大的同志，他還主動跟人家握手，寒暄幾句，表現得十分親民。

等曲煒做到了常務副市長的時候，他就很少主動跟下面的人握手了，人家跟他打招呼，他通常是點點頭，示意一下就過去了。等到曲煒做了市長，他對於下屬跟他打招呼，已經是視而不見了，雖然面帶微笑，可這微笑並不是給哪個具體的人的，而是一種泛泛的微笑，似乎對每個跟他打招呼的人都笑了，其實可能他根本就沒看跟他打招呼的人。

這些微的變化，原本傅華並沒有留意，現在被余波提醒，才意識到隨著歲月的變遷和職務的升遷，曲煒實際上已經發生了很大的變化，只是因爲自己跟他朝夕相處，對這種潛移默化沒有察覺而已。

但傅華還是不相信曲煒聽不進別人意見這一點，就他的感覺，只要自己說得對，曲煒向來都是接受的。

傅華說：「我覺得曲市長不是一個不聽忠告的人，小余，你沒考慮一下，是不是你的方法有什麼問題？還有，你不要因爲受了批評就退縮，你要知道，一個秘書的榮辱是跟他服務的領導緊密聯繫在一起的。」

余波笑了：「我就知道傅主任要這麼說，可是你要清楚一點，我和你不一樣，你爲曲市長服務了八年，你們之間已經建立起了很深厚很牢固的信任關係，我新來乍到，曲市長對我還處於一個考察的階段，他對我還沒有建立完全的信任。你相信不相信，同樣一件事情，你和我分別跟曲市長說，可能得到的結果會截然相反？」

余波能想到這一層，確實夠精明，不過這個人太過精明了對曲煒並不是好事，因爲他會揣度曲煒的想法，事事都逢迎曲煒，即使是對曲煒本身不利的事情。不過傅華並沒有辦法去指責余波什麼，處於余波的立場，他大概感覺只有逢迎曲煒才能立住腳跟。

傅華嘆了一口氣：「我明白你的處境，你有你的立場。不過，再有類似王妍這樣的事情，你跟我說一聲，你不方便勸阻，我來。」

余波遲疑了一下：「這個不好吧，我怕曲市長會懷疑我跟你通風報信。」

傅華冷笑了一聲：「你別老是瞻前顧後的了，我勸你想想最根本的東西，你的一切都是跟曲市長密切相關的，如果曲市長出事，我相信你是第一個跟著倒楣的。大家都是聰明人，更深入的話我就不說了。」

余波點了點頭：「傅主任不愧是老秘書，你說得對，今後再有類似情況，我會跟你通報一聲的。」

「你我目的其實是一致的，大家都希望曲市長發展順利，所以應該同心合力。」

余波笑笑說：「我知道。」

樓上，王妍的房間裏，曲煒聽王妍說她想要孩子，心情就有點煩躁：「好了，你別逼我了，我跟你說要等一等了。」

王妍看了曲煒一眼：「要不，我不逼你離婚，你讓我生個孩子吧，有你的孩子在我身邊守著，我的心也就有了著落了。」

曲煒愣了一下，心說，眼下沒有孩子你都逼著我離婚，如果有了孩子，你還不母憑子貴，更加來逼我離婚嗎?再說，孩子是一個把柄，如果讓對手知道了這件事情，還不知道會做多少文章出來呢。

曲煒板下了臉，嚴肅地說道：「不行，堅決不行，我是一個負責任的男人，我不能讓孩子過沒有父親的生活。妍，你就給我一點時間好嗎？你放心，過了這段時間，我一定給你一個交代。」

王妍不好再逼下去了，強笑了一下：「好吧，煒，我聽你的。」便不再說話了。

房間裏的氣氛變得尷尬起來，曲煒看了一下王妍，說：「傅華和余波還在下面等著，我再待下去他們會懷疑的，我要走了。」

王妍嘆了一口氣，沒再說什麼，幫曲煒穿好了衣服，曲煒在王妍的臉頰上親了一口：「好了，我走了，後天我讓傅華來接你，到時候我們一起回海川。」

走出樓道口的曲煒雖然極力掩飾，可是傅華還是看出他跟王妍之間發生過什麼，不免爲曲煒感到惋惜。這是一個管理幾百萬人的城市的市長，竟然爲了一個女人遮遮掩掩的，真是夠可憐的。

曲煒上了車，說了一句：「回去吧。」

傅華發動了車子，一路上，曲煒靠在後座上假寐，傅華和余波都不說話，車內一片靜默，只聽到外面的風聲和車旁呼嘯而過的車聲。

到了梅地亞中心，曲煒和余波下了車，傅華對曲煒說：「曲市長，已經很晚了，我就不上去了，您早點休息。」

曲煒看了傅華一眼，說：「你急著回去有事嗎？」

傅華愣了一下，趕緊笑著解釋說：「那倒沒有，我是覺得您已經很累了，就不打攪您的休息了。」

曲煒說：「沒事就跟我上來吧，我有話跟你說。」

傅華趕緊下了車，跟著曲煒進了梅地亞中心。曲煒一直板著個臉，沒說話，余波和傅華也不敢問，只是在曲煒身後跟著。

進了曲煒的房間，曲煒吩咐余波說：「你幫我和傅華泡兩杯茶。」

余波泡了茶，端給倆人，曲煒笑笑說：「小余，你也累了一天了，先去休息吧。」

余波離開了。曲煒端起自己的茶杯喝了一口，然後說：「傅華，我們多久沒這樣在一起深談了？」

傅華笑了笑：「很久了，自從您做了常務副市長，就成天忙工作，抽不出時間來跟我喝茶聊天了。」

曲煒想了想：「有那麼久了嗎？我怎麼不覺得？」

傅華笑笑說：「人忙碌起來，時間會過得很快的。」

曲煒點了點頭：「是啊，真是一眨眼的功夫啊。哎，跟我說說你們辦事處的工作吧，這一次你還沒跟我彙報過呢。」

傅華說：「辦事處目前工作都還好，一切正常。」

曲煒靠上了沙發背，讓自己坐得更舒服一點，微閉上了眼睛，說道：「那你的酒店計畫呢？目前進展到什麼程度了？」

傅華說：「我正要跟您彙報呢，我找到了一家合作夥伴，他們願意出資跟我們共同合建酒店。」

曲煒睜開眼睛，看著傅華問道：「這家可靠嗎？別又像那家井田公司那樣，表面上要跟你合作，私下卻算計你。」

傅華笑了：「這家不會，這家合作方是通匯集團，實力很大，他們老闆趙凱跟我有些私誼。」

「通匯集團啊，國內有名的民營企業，不錯啊，既然他們老闆跟你這麼好，什麼時間拖他去海川看看，看能不能在我們海川投點資。」

「這個要看機會，我跟趙凱之間的關係比較偏私人，我不是那麼合適勸他去海川投資，除非他本人有那種意願。」

曲煒上來了興趣：「怎麼個偏私人法？說說我聽聽。」

「我也正想跟您說，我跟趙凱的女兒正在交往，還想哪天帶給您看看呢。」

曲煒笑了：「哦，有女朋友了，這我可真要見見，看我們的大才子究竟選了一個什麼樣的女人。」

「挺直爽的一個女孩，您見了一定會喜歡她的。」

曲煒笑說：「我喜不喜歡無關緊要，選老婆是要你自己喜歡。傅華，我跟你說，千萬不要貪圖女方能給你帶來什麼，重要的是要找一個稱心如意的，能做你人生伴侶的。不要像我，找了那麼一個老婆，彆扭了半輩子。」

傅華笑笑說：「我看林阿姨挺好的。」曲煒的老婆叫林麗，傅華一般都稱呼她林阿姨。

曲煒苦笑了一下，說：「鞋子合不合腳只有穿鞋的人知道。也不知道怎麼了，我跟你林阿姨就不對盤，湊到一起三句話不到就吵架。」

傅華心知曲煒的夫妻關係並不和睦，倆人在人前雖然尚能保持一定的風度，並沒有吵架過，但彼此之間的態度卻是冷得不能再冷了。

其實林麗這個人心地並不壞，對傅華很好，在她工作的單位，人們對她的評價也很高，可是她跟曲煒之間就是無法融洽起來。老人常說夫妻不是前世的恩人，就是前世的冤家。傅華常想，也許林麗是曲煒前世的冤家轉世投胎來報怨的吧。

傅華看了一眼曲煒，他有點被曲煒東拉西扯的話弄糊塗了，他不明白曲煒將自己留在這裏究竟想要說些什麼，難道他鋪墊了這麼多，是想說他要離婚嗎？傅華不知道自己該如何置辭了。

曲煒看了傅華一眼：「你大概猜到了今天找的這個王妍，不是我的表妹了吧？」

傅華愣了一下，旋即有些尷尬的笑了笑。

「我就知道你小子一定能猜到，好了，既然猜到了，說說吧，你對這件事情是怎麼看的？」

傅華明白自己對這件事情無論持什麼態度都是不對的，贊成吧，對林麗是不公平的；反對吧，就目前的發展態勢，王妍能逼著曲煒追到北京來，說明她對付曲煒是有一套的，也許將來有一天這個王妍會成為曲夫人也說不定。

想了想，傅華說：「我對婚姻還算是門外漢，就不好參加意見了吧？」

曲煒笑了：「傅華，什麼時間你也開始在我面前吞吞吐吐的了？現在就你我兩個人在這裏，難道你也不能敞開心扉跟我說說實話？」

傅華也笑了：「我不知道您真正想要的是什麼，所以也就不知道該如何答覆您。」

曲煒問道：「怎麼這麼說？」

「我認為您如果想要在仕途上繼續求進步，就應該斷了跟王妍之間的往來；如果想要家庭生活幸福，那就跟林阿姨離婚，娶了王妍。」

曲煒遲疑了，這兩個選項對他來說是很難抉擇的，他還不到五十歲，已經是一個地級市的市長，做出的成績和自身的能力有目共睹，前面正有著大好的前途等著他，此時讓他為了女人而放棄，自然不肯；反過來，他和林麗之間早就沒有了什麼夫妻感情，已經分房睡多年，他的婚姻名存實亡，再維持下去，只能是更加痛苦。

曲煒說：「林麗是不會同我離婚的，我如果堅持要離婚，事情肯定會鬧得很大。」

曲煒並沒有明說他想選擇哪條路走，他表達出來的意思是，他並不想選擇這兩條路中的任何一條，他想維持現狀。

傅華看曲煒在猶豫，知道他很難抉擇，既然曲煒把話題挑開了，索性就把事情給他談透：「孟子說，魚我所欲也，熊掌亦我所欲也，二者不可得兼，捨魚而取熊掌也。既然您今天跟我敞開心扉，那我就索性斗膽奉勸您一句，希望您能弄清楚什麼是您的魚，什麼是您的熊掌，慎加取捨。」

曲煒尷尬地笑了笑：「傅華，你是不是在心裏偷笑，我這把年紀了還不知道輕重大小？你不明白我的心境，林麗跟我冷戰了半輩子，家對我來說就像一座冰窖，忽然身邊出現一個知冷知熱的女人，體貼你，關懷你，難道你碰到這樣的會不心動？」

第十二章

各人造業各人擔

傅華暗自好笑，心說你這個大市長做得也夠可憐，
還需要跟我一個小主任解釋把這個女人弄到這裏的原因。
哎，反正我該跟你說的都說了，你不聽我也沒辦法，
各人造業各人擔，結果只有你自己承受了。

其實曲煒跟王妍的開始很簡單，就是那天在海益酒店喝完酒，王妍出來送他們，看到了曲煒的衣衫有些單薄，就體貼地說了句：「曲市長，你不要光忙於工作，也要小心自己的身體，穿這麼少很容易著涼的。」

當時曲煒心裏感覺一陣暖意，他是市長，圍著他轉的女人不在少數，但那些女人所關注的都是曲煒的權勢，只有王妍是第一個真正關心他冷暖的女人，他的心自然而然地泛起了漣漪。所以第二天當王妍買了一套厚實點的衣服讓快遞送到了他的辦公室，他並沒有一如往常地加以拒絕，而是接受了下來，雖然他讓余波送去了買衣服的錢。

自此，他心裏就有了這個女人的位置。余波也見風使舵，把他的一些應酬經常安排在海益酒店。一來二去，倆人就逐漸熟悉，終於在一次酒後曲煒沒有把持住，跟王妍發生了關係，從此一發不可收拾。

雖然曲煒在這段關係開始之初，已經明確說明自己身在仕途，是不太可能離婚娶王妍的，王妍當時也情意綿綿地說她要的只是曲煒這個人，婚姻對她來說並不是十分重要。但是女人的欲望是無止境的，隨著倆人關係的日漸升溫，王妍開始有些得隴望蜀，時不時旁敲側擊，目的就是讓曲煒離婚娶她。

曲煒也明白女人沒有名分的日子不好過，他又很講究原則，沒有辦法在其他方面給王妍補償，王妍跟了他得到的只有感情，並沒有任何實惠，難免愧疚，因此每每在這個時候，都是跟王妍好言溫存，遮掩了過去。

但是曲煒的忍讓給王妍造成了一種錯覺，她覺得曲煒不是不想要她，只是還有些猶豫不決，於是她跟曲煒攤牌，逼曲煒娶她。

曲煒原本就不是一個浪漫型的人，他的溫柔全部是因爲覺得對王妍有愧，此時王妍變了面目逼他就範，他自然不肯低頭，倆人大吵了一架，王妍一氣之下就躲到了北京。

原本倆人的關係可以就此畫上句號，可是曲煒再回到他冷若冰窟的家之後，王妍對他的好就越發顯現出來了，他開始覺得不捨得，便又轉過頭來去找王妍。

說來可笑的是，曲煒調回頭再來找王妍，還主要是因爲他在感情方面很專一和保守，如果他生性風流一點，也許他就會放棄王妍，轉攻其他女人了。

傅華看著曲煒：「問題的關鍵不在於您是否心動，也不是說您一定要放棄哪一邊，我只是認爲您應該弄清楚自己真正想要的是什麼。」

曲煒苦笑了一下：「跟你說實話吧，傅華，此刻我也不知道自己真正想要的是什麼。你說這個女人還真是善變，原本她答應我，不要我離婚的。現在卻變成了這個樣子，我們的老夫子當年說得真對，唯女子和小人難養也，遠之則怨，近之則不遜。」

傅華說：「曲市長，我勸您可別猶豫了，當斷不斷，必受其亂。」

曲煒苦笑了一下：「這個道理我比你清楚，可是真要做起來，難啊。」

「曲市長……」

曲煒一擺手：「好啦，這件事情你別勸我了，我會考慮清楚的。後天晚上，把你女朋友叫過來，我請她吃飯。」

傅華點了點頭：「好的。」

「你回去吧，我也累了，要休息了。」

傅華退出了曲煒的房間，他的心裏很不舒服，原本他是以曲煒作為自己的標桿的，以曲煒作為做人做事的楷模，現在看來，曲煒並沒有堅守住自己，這個標桿轟然倒地了。

傅華也在為曲煒擔心，曲煒在感情方面並不是行家高手，在王妍面前，他已經失去了那種做市長的殺伐決斷的氣勢，顯得猶豫不決，這很容易授人以柄，被競爭對手攻擊，尤其是在目前他跟孫永之間的爭鬥越來越激烈的時候，很難講孫永在知道這件事情之後不會拿它大做文章。

傅華暗自希望曲煒做事機密一點，不要讓孫永一方的人馬知道這件事情。不過傅華也知道這幾乎是不可能的，現在的小道八卦十分厲害，就連駐京辦這裏發生的大大小小的事情，海川市官場的人都知道得一清二楚，更何況發生在孫永身邊的事情。

就傅華的揣度來看，孫永一定知道了這件事情，而且會密切注意事態的發展，等待合適的時機好給曲煒致命的一擊。

傅華面前浮現出孫永那招牌式的笑容，心裏竟然有一種不寒而慄的感覺，希望曲煒別一味地沉湎在溫柔鄉裡，最好也跟自己一樣，對孫永有所警覺。

傅華揣度得不錯，孫永確實很快就知道了曲煒和王妍之間的曖昧關係。

在曲煒跟傅華深談的第二天上午，秦屯走進了孫永的辦公室。

秦屯因爲跟劉芳的偷情事件，在海川市政府一直抬不起頭來，曲煒不屑於他的爲人，對他總是愛理不理的，因此秦屯很自然地倒向了孫永這一邊。

孫永因爲比曲煒晚到海川市幾年，沒有曲煒根基紮得深，因此很注重對自己人馬的培養，對於秦屯的投靠自然是很歡迎，也想借秦屯在市政府方面多了一個耳目。

孫永問秦屯：「這一次曲煒怎麼了，這麼重視沿海城市市長論壇？我看別的城市都是去了副市長參加。」

秦屯笑了笑：「我們的曲市長是有別的意圖的。」

孫永看出了秦屯笑容裏的曖昧：「究竟是怎麼回事？」

秦屯說：「據我得到的消息，昨晚我們的曲市長帶著傅華去了北京的昌平區，到了一個什麼翠海社區，在那裏度過了很風流的幾個小時。」

孫永笑了：「曲煒並不是一個風流人，怎麼也玩起女人來了？」

秦屯笑著說：「我也覺得邪門兒，前段時間就有人跟我說，曲煒跟我們市裡的海益酒店的老闆娘打得火熱，我還不相信，可現在據說海益酒店的老闆娘去了北京，曲煒馬上就去參加了這個什麼市長論壇，現在又追到了什麼翠海社區去，不由得我不相信曲煒確實跟海益的老闆娘有一腿。」

「你說的是海益酒店的老闆娘，叫王妍的？」

秦屯點了點頭：「對，就是她。」

孫永搖搖頭說：「我去海益吃過飯，那個老闆娘我認識，人長得也不出色啊，怎麼就讓我們的曲市長這麼神魂顛倒了？」

秦屯說：「我也覺得那個女人很平常，可就是邪門兒，如花似玉的曲煒看不上，偏偏看中了這麼一個很平常的離婚女子。」

孫永笑笑說：「可能是王八看綠豆，對了眼了吧。」

秦屯哈哈大笑：「是，他們真是對了眼了。」

孫永雖然因爲鄭老還鄉一事在海川站穩了腳跟，但曲煒因爲業績和能力太突出，還是時常會傳出取孫永而代之的風聲，因此孫永時時不得安心，常想如果能將曲煒趕出海川該多好。此時曲煒自己爲了一個女人方寸大亂，孫永自然不肯放過這個大好的機會，便說：

「這件事情你給我多關注一下，有什麼進展隨時跟我彙報。」

秦屯點了點頭說：「好的。」

傅華接趙婷去參加曲煒的晚宴，趙婷見了傅華，略顯緊張地看著他，問道：「你看我這身打扮合不合適？」

傅華上下打量了一番，看得出來今晚趙婷精心打扮了一番，一身很漂亮的米色套裝，襯托出她窈窕的身材之外，也顯出一份高雅鄭重的氣息，不像她以往那麼隨意。

傅華笑笑說：「挺好的，挺漂亮的。」

趙婷看了一眼傅華：「是嗎？你們市長也會覺得好嗎？」

「趙婷，你不用這麼緊張，曲市長挺隨和的。再說，他是我的領導，又不是你的領導，你緊張什麼？」

「你說過這個市長對你很重要的，你知道我這個人隨便慣了，怕他到時候看不上我。對了，回頭到桌上，你看我說錯話的時候，可要提醒我一下。」

傅華笑了：「好了，我們市長沒那麼可怕的。」

倆人來到梅地亞中心食尚軒中餐廳的貴賓房，曲煒、余波和王妍已經等在那裏了。

傅華看到王妍也出席了，心中一沉，便明白自己跟曲煒談了半天是白談了，曲煒還是無法擺脫這個女人的糾纏。

曲煒似乎看出了傅華神色間的不虞，便解釋說：「傅華，明天王妍要跟我一起回海川，她住的地方太偏了，來往不方便，所以我讓她今晚就住在梅地亞中心。我看她晚上也沒事，就把她拖來了。」

王妍有些拘謹地笑著跟大家點了點頭，算是打了招呼。

傅華暗自好笑，心說你這個大市長做得也夠可憐，還需要跟我一個小主任解釋把這個女人弄到這裏的原因。哎，反正我該跟你說的都說了，你不聽我也沒辦法，各人造業各人擔，結果只有你自己承受了。

傅華笑了笑：「這倒也是，昌平確實也有點偏遠。來，曲市長，我給你介紹，這位是趙婷，我的女朋友。」

趙婷首先問好：「您好，曲市長，常聽傅華說起您，說您對他是多麼好，今天見到您，沒想到您這麼年輕。」

曲煒伸手跟趙婷握手：「你好，傅華真是有眼光，找到了你這麼一位又漂亮又會說話的女孩子。」

傅華又介紹了其他人，彼此寒暄了一番落座。趙婷守著傅華坐，王妍守著曲煒坐，余波坐到了靠近門的位置。

曲煒把菜單遞給了趙婷，說：「小趙，今天你是主客，你來點菜。」

趙婷將菜單推了回去，笑笑說：「曲市長，您是傅華的領導，對我們來說又是長輩，您做主就好。」

曲煒滿意地看了傅華一眼，心說這趙婷應對得體，場面上落落大方，將來肯定是傅華的好幫手。

曲煒沒再退讓，笑笑說：「那好，就由我來做主。不過，你得先告訴我你喜歡吃什麼？」

趙婷笑笑說：「這裏的清湯竹蓀、魚香法國鵝肝、濃湯魚翅很不錯。」

傅華對趙婷說：「喂，小饞貓，三句話不到就露出你的饞相來了，你都點了，讓曲市長點什麼？」

趙婷俏皮地吐了一下舌頭：「不好意思，曲市長，還是您點吧。」

曲煒呵呵笑了起來：「小趙啊，別聽傅華瞎說，你點的很好。」

曲煒就讓服務員把趙婷點的幾個菜寫上，然後又點了幾個特色菜，開了一瓶白乾，酒宴就開始了。

曲煒本就是個直爽人，因此看趙婷十分順眼，加上酒桌上有兩位女士在，也沒人鬧酒，酒桌上的氣氛十分的融洽。

當然，曲煒並沒有忘記他做市長的職責，在酒桌上盛情邀請趙婷去海川做客，說海川有山有水，風景優美，而且有豐富的物產，既然趙婷找了一個海川人做男朋友，就一定要去領略一下海川的美好。

趙婷被曲煒說得心動，看著傅華笑著說：「你什麼時間帶我去那裏啊？」

傅華說：「等我有時間吧。」

曲煒笑笑說：「傅華，既然小趙這麼熱心，你就早點安排吧。」

傅華說：「我知道了，曲市長。」

席間，王妍倒是很守本分，她並沒有拿出酒店老闆娘的作風來鬧酒，而是有些沉悶地陪坐著，大家喝酒她也跟著喝，似乎她真是臨時被拖來的局外人。

賓主盡歡而散，曲煒讓傅華送趙婷，就回房休息了。

趙婷跟著傅華上了車，笑著說：「你們這個市長還挺熱情的，還要請我去海川做客。」

傅華笑笑說：「我都說過了，我們市長很好相處的。」

趙婷說：「曲市長倒是不錯，不過，那個他的什麼表妹有點怪怪的，也不怎麼說話。我總感覺她跟你們市長之間有些不對勁，你沒看她看曲市長的眼神，哪像看一個表哥，明明像在看一個情人。」

傅華愣了一下，看來趙婷也有心細的時候，也許這就是所謂的女人的第六感吧。不過他不想讓趙婷知道曲煒跟王妍之間真正的關係，那樣說不定會讓趙婷對曲煒心生惡感。

「我怎麼沒感覺到啊？你可別瞎猜，他們確實是表兄妹。」

趙婷笑了：「反正我感覺怪怪的。」

傅華笑笑說：「你別去管它了。」

雖然傅華表面上很不在乎，心裏卻越發爲曲煒擔心，曲煒跟王妍之間的曖昧，連趙婷這樣大咧咧的人都可以看得出來，說明倆人也太露骨了，這樣又怎麼能掩得住別人的耳目呢？尤其是曲煒本身就是眾人關注的焦點，他沒事別人還要找出事來，更何況對這種顯而易見的問題。

傅華只能在心中希望曲煒儘快想清楚他真正想要的是什麼，早日做出決斷。

第二天，傅華將曲煒、王妍以及余波送上了回海川的飛機，這一次接待活動算是告一個段落。

回辦事處的路上，傅華接到了初茜的電話，初茜笑著說：「傅主任，你那件事情善後事宜辦完了嗎？」

傅華笑笑說：「已經辦完了，我受了點處分，有驚無險，這多虧了你的幫忙，還沒跟你好好說聲謝謝呢。」

「大家都是朋友，互相幫忙是應該的。」

「你這可是幫了我大忙，我是真的十分感謝。」

「好了，不要客氣了。你現在有時間嗎？我想跟你正式認識一下。」

「你約我肯定有時間，說吧，在哪裡見面？」

「一起吃頓午飯吧。在東海食府怎麼樣？」

「好哇，不過說好了，這頓飯我請。」

初茜並沒小家子氣地跟傅華爭執，笑笑說：「隨你吧，十一點在那兒見面好嗎？」

「好的。」

提前了十分鐘，傅華就到了東海食府，這裏以經營東海省風味的菜肴爲主，很適合傅華和初茜這些來自東海的人。

十一點過五分，初茜的寶馬到了東海食府，傅華迎了出來。初茜笑著說：「不好意思，我遲到了。」

傅華笑笑，說：「是我來早了。」

倆人進了酒店，在雅間坐下，初茜笑著說：「我正式介紹一下自己吧，我的本名叫吳雯，至於初茜是怎麼回事，相信你明白的。」

傅華早就覺得初茜只是一個化名，現在她當面告知了她的本名，說明這是初茜要正式拉開回歸的大幕了，她要回到海川做生意，必須以本名示人，因爲在海川認識她的人很多，知道她本名叫什麼。

「看來吳小姐以後要常駐海川了？」

吳雯笑笑說：「靠臉吃飯的時間本來就不長，趁著我還年輕，有些人脈資源還能利用，我還是及早金盆洗手算了。」

傅華看了吳雯一眼，心說這個女人難怪會成爲京城豔壓群芳的花魁，單憑這急流勇退，就說明她確實夠聰明，非孫瑩之流可比。

「不知道你回海川打算做什麼？」

「我回海川考察了一下，感覺海川靠山臨海，很適合開發一些別墅，現在房地產的利潤很可觀，因此就想在這一點上下下功夫，打算在海川註冊一家房地產開發公司。」

這個女人的胃口不小啊，開發房地產是需要雄厚的資金和人脈關係的，傅華不由得再次打量了一下吳雯，這個看上去美麗驚人的柔弱女子能扛得起來嗎？

吳雯看到了傅華眼中的疑問，笑笑說：「傅主任是在懷疑我的實力吧？跟你說實話，單憑我自己是沒有這個資金實力，不過我有些朋友信任我，願意把資金交給我去投資，所以我手頭可以調動的資金大約在六七千萬左右，相信在海川啓動一個別墅項目足夠了。我現在缺的只是在海川的人脈關係，我很早就離開了海川，對當地的政商兩界並不熟悉。」

傅華笑笑說：「這些我倒是可以幫忙的。」

「那就麻煩傅主任了。」

「你跟我就不用客氣了，適當的時機我會幫你介紹一些海川政商界的朋友。」

吳雯嫣然一笑，說：「那我眼下就要回去了，不知道傅主任可否有時間陪我回海川一趟？」

傅華遲疑了，趙凱已經警告過他不要跟這個吳雯繼續打交道了，自己再陪著她回海川就有點不太合適。這倒不是傅華怕趙凱，他只是怕趙婷說不定會知道這件事情，那樣會讓趙婷受到傷害的。

傅華笑笑說：「真是不好意思，這個時間點我走不開，我這幾天要跟銀行談井田公司那塊地的事情。要不這樣吧，我把你介紹給接任我給市長做秘書的余波，他跟我關係還不錯，相信一定會很關照你的。」

經過那夜在翠海社區樓下的談話，傅華對余波有了進一步的瞭解，知道他是一個精明的人，加上自己尚能掌控住他，把吳雯需要支援的任務託付給他，相信他一定能幫上忙的。

吳雯高興地說：「那樣也不錯。」

在吳雯心中，以爲市長秘書在海川市的影響力應該大於傅華這個駐京辦主任，能夠有機會結識這個叫余波的秘書確實很令她高興。

傅華見吳雯認可了，便笑笑說：「我現在實在分不開身，你先讓余波幫你吧，如果有什麼確實需要用到我的地方，我一定會回海川幫你的。」

吳雯笑著點了點頭：「行，你這樣安排就挺好的。」

傅華就當著吳雯的面打了電話給余波，跟余波說吳雯是自己在北京結識的一個很要好的朋友，現在想要回海川投資開發房地產，因爲自己遠在北京沒辦法幫她，所以麻煩余波對吳雯多加關照。

余波答應得挺爽快，說讓吳雯到了海川直接找他就可以了。

傅華又讓吳雯直接跟余波講了話，吳雯在電話裏奉承了余波幾句，說一定要余波多關照她這個小妹。吳雯本來就是風月場所打過滾的，自然瞭解男人的心理，說話聲嬌滴滴，讓一旁的傅華聽了心裏都癢酥酥的，余波自然招架不住，連聲地說好。

吳雯跟余波相互留了聯繫方式，就掛了電話。

倆人點的菜陸續上來，開了一瓶白乾，傅華端起酒杯說：「來，我敬你，祝你回海川發展順利。」

吃了一會兒，吳雯笑笑說：「我這個人可能有點犯賤，北京那些精工細作的精美菜肴我什麼沒吃過，卻還是覺得這裏的口味是最好吃的，雖然他們的菜比起家鄉的口味來，已經差了好多。」

傅華笑了，說：「這裏的海鮮雖然不錯，可是比起海川海邊的小館，卻差的不是一點半點，最主要的原因，就是新鮮度差很多，海鮮，重點就在新鮮。你等著，回頭我會辦一間海川風味的飯店，專門從海川快運海鮮過來，那時候保證和家鄉的口味一致。不過，那時候你可能在海川，而不在北京了。」

「這倒也是。」

「說到這裏，我還要問你，我感覺在北京的發展機會比海川大的多，爲什麼你要回海川去呢？」

吳雯笑笑說：「北京雖好，總是異鄉，我始終覺得自己在這裏像一枝無根的浮萍，很不踏實。你也來北京一段時間了，難道就沒感覺到嗎？」

傅華搖了搖頭：「我倒沒什麼。」

吳雯笑笑：「可能你是來北京時間還短吧，你不知道，尤其是夜深人靜的時候，那種孤單的感覺和對親人的思念真是讓我無法承受。」

傅華看了吳雯一眼，他大概明白了她的心境，在海川她是被父母呵護的寵兒，心中有依靠，所以倍感溫馨，而在北京，她所處的環境需要她處處小心，這種如履薄冰的感覺真是很難令人承受的。吳雯牽掛思念的不是家鄉，而是她的親人，親人在的地方才是家，才有家的感覺，才會踏實。

傅華說：「好了，不說這些了，你在海川的公司弄好了給我個電話，等回海川我去看你。」

吳雯笑笑說：「好的。」

傅華的手機響了，看看是趙婷的號碼，趕緊接通了，趙婷在電話告訴傅華，都市銀行的劉行長說，讓他跟井田公司的邵彬聯繫一下，談談那塊地的處理方案。傅華明白，肯定是都市銀行跟邵彬談過了，傅華被騙的錢退了回來，邵彬就沒有躲藏的必要，自然可以重新跟自己談這塊地的出讓問題。

「好的，我會跟邵彬聯繫的。」

「你在外面做什麼呢？」

「我在吃飯，一點公事上的應酬。」

「我告訴你，不准喝太多酒啊。」

「好的，我會注意的。」

傅華收起了手機，吳雯笑著說：「看你臉上的甜蜜，女朋友的電話吧？」

傅華點了點頭：「是啊，我女朋友。」

「她也在北京？」

「是，她是北京人，我來這裏之後才認識的。」

「那你有福了，北京女孩雖然有些眼高於頂，可她如果認準了你，會全心全意對你好的。」

傅華笑了：「剛才還在叮囑我不要喝太多酒呢。」

吳雯說：「有人管是一種幸福。」

談笑間，酒宴很快就結束了，傅華結了賬，就跟吳雯分了手。

權力博弈

現在，孫永開始插手招商事務，
説明孫永已經不甘心固守他原來的權力範圍，他要擴張自己的勢力。
這一邊已經磨刀霍霍，曲煒卻還沉湎在危險的情網之中不能自拔，
這一場權力博弈，一開始曲煒就已經處於下風了。

回到辦事處，傅華打電話給邵彬，邵彬接通了。

「邵總，想不到我們還會打交道吧？」

邵彬苦笑了一下：「你傅主任厲害，都市銀行的人都找到了。」

傅華笑笑說：「我也沒要求銀行他們做什麼啊？」

「都市銀行跟我說井田公司眼下這種情況明顯不能還本付息，勸我為了大家好，早一點把抵押的那塊地處理了，否則等他們來拍賣，價錢怕就不會那麼合適了。」

「你在都市銀行貸了多少錢？」

「一千四百萬。」

「看來銀行給你評估的價值不低啊。一般銀行貸款的額度只能在抵押物估價的百分之八十以下，要貸出一千四百萬，這塊土地的估價應該在一千八百萬左右。」

「估價一千八百萬，傅主任應該知道我當初賣給你們辦事處的價格低很多吧？」

傅華笑了：「邵總，你別逗我了，你敢說這個評估價沒有水分？」

在被邵彬騙了之後，傅華曾經通盤考慮過這件事情的前前後後，當時他就覺得邵彬在銀行中肯定有內線配合，否則他不能精準到就在自己付款之後，過戶之前把地塊抵押給銀行，因為要操作一筆抵押貸款絕非一天兩天的事情，需要事先做很多工作，過很多審批程序，才能成立。

這一次趙凱通過劉行長想要拿這塊地，肯定又是邵彬的內線把情況跟他通報了，邵彬才出面，希望能將這塊地賣個好價錢。

邵彬尷尬地笑了笑：「傅主任，還是你門兒清，是，我是找人做高了評估價，這也是一個貸款的潛規則，大家都這麼做的。」

傅華笑笑說：「這些我都不管，你就說說，現在這塊地你想賣多少錢吧？」

「傅主任痛快，我也不想打哈哈了，我們還按照原合同執行好不好？到時候你付給銀行一千四百萬及利息，剩下的付給井田公司。」

「邵總想得是不是太簡單了，當初你是和楊軍聯合起來做局給我，誰知道你們是不是故意抬高了價格？」

邵彬僵了一下：「傅主任，你這麼說就沒意思了吧？」

傅華笑笑說：「有沒有意思，邵總心中比我明白。」

「那傅主任出個價，我看看是否能接受。」

「那就一千五百萬如何？」

邵彬苦笑著說：「那我去掉還銀行的一千四百萬本金和利息，就不剩什麼了，傅主任，你不能一點好處都不留給我吧？」

傅華想想也是，如果一點好處不給邵彬，那他就沒有出來處理這塊土地的積極性了，就笑笑說：「那我們折中一下吧，一千五百五十萬，多了再沒有了。」

「傅主任，這是駐京辦的錢，又不是你個人的錢，你有必要非省這五十萬嗎？」

傅華笑笑說：「駐京辦是我負責的，能省一點是一點。」

邵彬說：「怕了你了，就按照你說的辦吧。什麼時候可以付款給我？」

傅華想了想，現在買地已經不是單純駐京辦一家的事情了，這個項目目前是跟通匯集團合作，還需要跟趙凱說一聲，便說：

「這件事我要跟別人通報一下，你等我消息吧。」

邵彬遲疑了一下，說：「別拖延的太久啊。」

「好的。」

晚上，傅華去趙婷家吃飯，趙凱也回來吃飯，傅華就跟他談了跟邵彬交涉的結果，問趙凱的意見。

趙凱聽完，笑道：「減了五十萬，你開始學著心狠了，不過還不到位，其實你盡可以砍到一千四百萬再給他加點利息的。」

傅華笑笑說：「我是想，不給邵彬點好處，他不會積極配合我們的。」

趙凱搖了搖頭：「其實我們不太需要他配合什麼，到期不還錢，銀行自有一套處理抵押物的程序。如果他不配合，說不定這塊地可能銀行會低價賣給我們，到時候我們可能一千四百萬都不用花，吃虧的還是他。」

「要銀行處理不是還需要時間嘛，我是想快刀斬亂麻，早一點把土地拿下來，別再生什麼枝節了。」

「你終究還是想給邵彬留一條路走，呵呵，你要知道，慈不領兵，義不掌財，在商場上要做大，就需要心狠一點。好啦，你既然已經答應了他，那就照著辦吧，下一次可不能這麼心軟了。」

「好的，我明天就跟他去把事情辦了。」

「明天你不要去找邵彬了，我約了一個朋友打高爾夫，你跟小婷一起來吧。至於地塊的事情，你也不要親自去辦了，回頭我讓集團的楊律師跟你聯繫，由他出面，這種事情我們既然已經敲定了框架，細節方面就交給律師去落實吧，他們是專業人員，辦這些比我們有經驗。」

傅華也覺得由律師出面比較合適，上一次交易就是因爲自己沒有聘請專業人士，才會上了楊軍的惡當，便說：「好的。」

趙婷笑著問：「爸，你約了誰打高爾夫啊？」

趙凱說：「百合集團的高豐。」

傅華愣了一下，說：「百合集團的高豐？白色家電的大亨？」

趙凱笑了：「你也聽說過高豐？」

傅華笑笑，說：「我跟朋友打高爾夫時見過他，叔叔要跟他合作嗎？」

趙凱說：「我們有意想合作一個案子。」

傅華說：「我勸您慎重考慮這件事情，這個高豐並不是十分牢靠。」

趙凱看了傅華一眼：「是不是你知道了高豐的一些消息？」

傅華點了點頭，就把那天賈昊說的關於高豐的一番話告訴了趙凱。

趙婷說：「爸爸，既然傅華這麼說，我看您還是不要跟這個高豐合作了吧？小心他騙了您。」

趙凱呵呵笑了：「小婷啊，商場運作豈是這麼簡單？實話跟你們說吧，傅華說的情況我早就掌握了，你以爲爸爸不事先做好調查就敢貿然啓動跟高豐的合作？」

傅華愣了一下：「叔叔既然知道這人做事手法有問題，怎麼還要跟他合作？」

趙凱笑著搖了搖頭：「傅華啊，你還沒真正踏足商場，對商界中的運行規則還不是很清楚。高豐是有問題，可試問做生意的哪一個一點問題沒有？你如果想找一個十全十美，一點問題都沒有的跟你合作，怕是你這輩子都沒有辦法跟人合作了。遠的不說，就說你買這塊地吧，邵彬還騙過你呢，爲什麼你反過頭來還要跟他合作？你想想其中的道理吧。」

傅華被說愣了，他沉吟了半晌，說：「我明白了，叔叔說的意思是在利益可期、風險可控的前提下，對合作夥伴倒沒必要十分的苛刻。」

趙凱讚許地點了點頭：「孺子可教也。小婷啊，你選人的眼光還真是不賴。」

趙婷笑了：「那當然，您沒看是誰的女兒！」

趙凱笑了，轉頭對傅華說：「傅華啊，其實每個人都是有缺點的，甚至優點越大的人，缺點也越大，這就像一枚硬幣的兩面，是不可分的。商場中人、官場中人都是這樣。你如果能認識到這一點，對很多事情就能更多的理解。」

「看來我要學的東西還真的很多。」

趙凱拍了一下傅華的肩膀，笑著說：「好好學吧，我每天也都在學習。」

傅華看了趙凱一眼，他有些明白為什麼同期的很多公司都倒下了，單單通匯集團能夠始終屹立不倒，那些倒下的公司也有比通匯集團資金實力雄厚的，也有後臺背景比通匯集團深的，可是他們沒有像趙凱這樣頭腦睿智的領導者，因此也就沒有了一個很好的引領方向者。

有時候，企業的興衰往往繫於一人身上，有一個好的領導者對一個企業來說，是一件極為幸運的事情，他能給企業帶來繁榮興盛。古今中外，莫不如此，因得一人而興，因失一人而衰的例子比比皆是。

這一點在中國企業身上表現得尤其突出，由於沿襲了幾千年的封建傳統，很多中國企業家實際上都偏重於把自己創辦的企業視爲禁臠，希望能夠子子孫孫的傳承下去，因此往往著重培養自家子弟。這與西方成熟的企業經營方式是有很大差別的。

第二天，握著高豐柔軟的手，傅華笑笑說：「高董，我們又見面了。」

高豐卻有些記不得傅華了，乾笑了一下：「不好意思，我們在哪裡見過嗎？」

「高董真是貴人多忘事，我們在昌平的北京國際高爾夫俱樂部碰到過一次。我跟我師兄賈昊一起打高爾夫，遇到了您。」

高豐還是沒想起來，笑笑說：「真是不好意思，我還是想不起你的名字來。」

趙凱在一旁道：「我來介紹吧，他叫傅華，海川駐京辦的主任。」

高豐的手緊握了兩下，笑著說：「傅主任別見怪，我每天要見的人很多，實在沒有那個腦筋記住每一個人。」

趙凱說：「傅華啊，高董說得是，我也記不住每個人的名字，除非他能留給我很深的印象。」

傅華笑笑說：「這也是人之常情，人之常情。」

趙凱又介紹了趙婷，趙婷笑著問了好。

四人就下了場，趙凱和高豐因爲有事要談，倆人就湊得比較近，傅華並沒有什麼要跟高豐談的，就和趙婷湊在了一起，趙婷不時還指點一下傅華的高爾夫打法。

一場球下來，已經臨近中午，各自去沖淋了一下，就留在俱樂部吃午餐。高豐和趙凱基本上已經談妥了他們合作的框架，具體細節需要他們各自的部下去解決，因此午餐的時候只是扯一些閒話，沒再談合作的問題。

高豐大致也猜到了傅華跟趙婷的關係，因爲趙凱的關係，對傅華也有了些興趣，便問道：「對了小傅，剛才趙董介紹說你是駐京辦的主任，是什麼地方的？」

傅華笑笑說：「海川市。」

高豐看了傅華一眼，問：「是東海省的那個海川市嗎？」

傅華心裏對高豐感到很不滿，很明顯剛才趙凱介紹自己的時候他沒仔細聽，說明這傢伙雖然是第二次見到自己，還是不把自己當回事，便說：「對呀，好像沒有第二個海川市了。」

高豐說：「哎，海川市是不是有一家生產客車的企業？叫什麼海通客車是吧？」

海川是有一家生產客車的企業，確實叫海通客車。不過這家客車公司在國內的知名度並不高，這是因爲雖然說是生產客車，其實基本上就算是組裝客車，海通汽車自己只生產客車的底盤和外殼，引擎和傳動系統都是購買別的公司的，然後在底盤上安裝一下，就算是一輛海通客車。

這些都是傅華曾經跟著曲煒視察的時候看到過。正因爲海通客車沒有成熟的技術，產品一直沒打開銷路，只是在海川市內由政府強制性的規定爲公車的專用車輛。雖然這有點行政干預市場逾規的味道，可曲煒說這也是沒有辦法的辦法，總不能看著投資那麼大的海通客車倒閉吧？

雖然這個海通客車並不是曲煒上的項目，可這也是他一個很頭痛的事情，他是市長，必須管理好市內的企業，並且，他不想看到海通客車只能在海川市內跑，他希望看到海通客車行銷全國。

知名度這麼低的客車公司高豐也知道，說明這裏面可能有高豐感興趣的部分，傅華看了他一眼，笑笑說：「有哇，不知道高董是怎麼知道這家公司的？」

高豐笑說：「其實我一直很關注國內的客車行業，目前國內國產的客車，只有大、小金龍尙可以說形成了一定的規模，其他客車尙未形成氣候。中國這麼大的市場，絕對不是一兩家公司就可以讓市場飽和的，所以國內客車的生產大有可爲啊。」

「高董很有戰略眼光啊。」

「什麼戰略眼光啊，我只是氣不過偌大的中國，竟然沒有一家完全擁有自主知識產權的客車公司。我和趙董算是新中國的一代，都有些憂患意識，我當初進入白色家電行業，也是氣不過小日本的白色家電在中國橫行，就放下書本，潛心投入到了這個行業中來。幸好老天爺不負我的苦心，讓我奮鬥十年總算小有所成。目前的客車行業再次讓我有這種使命感，所以我想用這些年賺來的一點錢投身到客車行業中去。」

趙凱笑了：「高董啊，我不是想攔你什麼，只是我感覺做生意不要把戰線鋪得太長，你剛跟我談好了合作，轉眼就想去做什麼客車行業，不是太妥當吧？」

高豐笑笑：「趙董放心吧，我答應你投入合作企業中的錢，一分都不會少的。對於客車行業，我目前還在一個考察階段，暫時還沒有進入實質操作。」

傅華心想，既然高豐那裏有海川市需要的東西，又何妨跟他合作一把呢？曲煒不是早就四處尋找機會拯救海通客車嗎，眼前不就是一個好機會嗎？便笑笑說：

「高董，您既然關注海通客車，不如什麼時間去海川實地看一看吧。」

趙婷笑了：「傅華，你可真是會找機會，你要搞清楚，高叔叔是來跟我爸談合作的。」

「小婷啊，你別說得我好像很小氣似的。這一點你要跟傅華學習，傅華很會找機會，你比起他來，總是少了一點進取的精神。」趙凱說著，轉頭看著高豐說：「高董如果對海通客車感興趣，不妨去看一看。」

高豐笑了：「叫趙董這麼一說，我不去倒不好意思了。」

傅華明白這正中高豐下懷，便說：「那我先謝謝高董給我們海川市這次機會，您什麼時間可以安排？回頭我跟市裏面說說，給您發邀請函。」

高豐笑笑說：「傅主任這是步步緊逼啊，好吧，我下周就可以去你們海川市看看。」

回到辦事處之後，傅華打了電話給曲煒，想要彙報一下高豐要去海川的事情，接電話的是余波，余波說曲煒正在會議上講話，不方便接聽，問傅華有什麼事？

傅華說：「百合集團的董事長高豐下周想要來海川看看海通客車，你跟曲市長說一聲，看他如何安排。」

余波說：「這是好事情啊，我會跟曲市長彙報的。」

傅華說：「那個吳雯去了海川了吧？」

余波笑了：「來了，來了，想不到是這麼漂亮的一個女人。」

傅華笑笑說：「怎麼，心動了？」

余波說：「這樣的女人誰不心動？不過我已經有家室了，心動了也是白動。」

傅華呵呵笑了：「你知道這一點就好。太過漂亮的女人也不是我們這些人可以招惹起的。唉，我讓你幫她的事情你都幫她跑了嗎？」

余波說：「傅主任交代我的事情我怎麼會不辦呢？我特意給有關單位的領導都打了招呼，讓他們給關照一下。」

傅華笑笑說：「那謝謝了，你知道在這社會上，一個女人要做點事情不容易，我們能幫她就幫幫她吧。」

余波說：「我明白的。」

傍晚，曲煒的電話打來，問傅華高豐的情況，傅華講了高豐有意進軍客車行業，想要找一家客車公司合作，因此想去看看海通客車。

曲煒為海通客車已經頭痛了很久了，雖然海川市已經通過政策方面的扶持，讓海通客車獨佔了本地的客運市場，可是本地市場的規模實在太小，海通客車只能勉強維持經營，還談不上什麼盈利，更不用說什麼發展壯大了。

特別是海通客車的籌建過程中，資金大多是向銀行貸款的，現在連利息都無法償付，不得不由政府出面要求幾大銀行止息掛賬，幾大銀行的行長也有業績考核方面的壓力，常來找曲煒要求解決海通客車的問題，甚至有要求將海通客車破產還債的。

曲煒卻捨不得讓海通客車破產，他知道汽車行業如果發展得好的話，將會帶動一個產業集群，這對地方的國民生產總值有很大的幫助。當初海川市組建海通客車，是想以此爲基礎，將海川市建成一個汽車強市的。再是海通客車的汽車生產項目來之不易，是當初海川市政府花了大氣力才弄到的，曲煒不捨得就這麼放棄。

海川市政府也嘗試過聯繫有實力的企業，想要採用合作的方式拯救海通客車，可是幾經核算之後，來探討的合作方明白想要拯救海通客車，需要不低於十億以上的資金投入，他們沒有這個實力，或者就算有這個實力，他們也不明確海通客車的前景值不值得投入這麼大，便紛紛打了退堂鼓。

高豐的出現，讓曲煒看到了一線希望，也許海川市可以借助高豐的資金和資本運作能力，盤活這塊汽車資產。曲煒已經聽聞百合集團兼併那幾家白色家電都是地方上債臺高築，風雨飄搖的企業，而高豐將它們重新帶進了最具活力的企業行列，這樣一個具有點石成金能力的人物要來考察，曲煒當然十分歡迎。

曲煒說：「你安排高豐來吧，我會讓海通客車做好相關準備的。」

傅華說：「曲市長，有件事情我事先跟您說一下，這個高豐雖然不是以前趙進那種空心大老官，可是他是資本大玩家，我怕他跟我們玩空手道，希望市裏面小心應對，不要被他鑽了我們的空子。」

曲煒笑了，說：「高豐當然不同於趙進，高豐背後有百合集團雄厚的實力撐著呢。再有，你也不要把我們政府看得太傻，你應該知道，政府裏面的人也都是經過很多磨練才有今天的地位的。高豐如果想跟政府玩把戲，那他真是閻王爺上吊，嫌命長了。」

傅華心說這倒也是，企業家掌握的資源畢竟有限，是鬥不過一級政府的，自己倒是有些杞人憂天了。

傅華笑笑說：「那好，我下周陪他去海川。」

趙凱派了通匯集團的法律顧問楊律師過來，傅華跟他交代了買井田公司地塊的事情，讓楊律師代表他出面跟都市銀行和邵彬交涉，將那塊土地買下來。

楊律師領命而去，很快就敲定了交易的細節。他是專業人士，懂得相關的程序，這一次很順利就達成了交易的協定，並在土管局開始辦理土地的過戶手續。

傅華看看這一次不會再發生上次被欺騙的情形，就把後續事宜交代給了林東和楊律師去辦，自己陪著高豐去了海川。

曲煒並沒有親自到機場接機，他派了常務副市長李濤來接高豐，李濤接近五十歲，個子不高，不過長得很壯實，一副典型的北方漢子模樣。

傅華從接機的架勢，就明白在海川這些地方官員眼中，高豐相對於陳徹來說，還是低了一個檔次，因此海川市對高豐的接待自然而然也就低了一個檔次。

官場上就是這樣，雖然沒有人刻意去劃分三六九等，可是心目中很自然地就將人等而分之了。這倒不是勢利，而是一種再自然不過的做法。雖然人人都在喊什麼生而平等，卻沒有一個人不是根據自己的喜好去看待別人的。

李濤笑著跟高豐握手，說：「曲煒市長在主持會議，派我來接高董。」

高豐也是場面上的人，知道自己的身價尚不足以驚動市長親自到機場來迎接，就笑笑說：「曲市長真是太客氣了，還勞煩李副市長來接我。」

李濤笑笑說：「應該的，應該的。曲市長說了讓高董先去賓館稍事休息，晚上他設宴為你接風。」

高豐說：「好的。」

一行人就去了海川大酒店，傅華把高豐和其助理安頓好，就和李濤一起離開了高豐的房間，傅華開了房間，百無聊賴地倚在床上休息，手機響了，是馮舜的號碼，傅華接通了：「馮哥你找我有什麼事情嗎？」

馮舜笑笑說：「也沒什麼重要的事情，孫書記知道你回了海川，叫我跟你瞭解一下這次帶來的客商的情況。」

傅華愣了一下，這個孫永真是耳聰目明啊，自己剛帶著高豐到了海川，他就知道了。

傅華說：「我剛到海川，還沒來得及跟市裏面的領導彙報。孫書記既然這麼關心，我需不需要跟他當面彙報一下？」

「孫書記也只是想瞭解一下情況，你就沒必要當面彙報了。」

「哦，是這樣，我這次帶回來的客商是百合集團的董事長高豐，他看好目前國內的客車市場，想要看看海通客車，看是否可以有機會跟市裏面合作發展。」

傅華簡單講了自己跟高豐的接觸情況，馮舜聽完，笑笑說：「海通客車啊，這可解了曲市長的燃眉之急了，前幾天曲市長還跟幾大銀行行長開過協調會，商量海通客車貸款事項呢。」

傅華說：「目前高豐只是來看看，並沒有具體的合作意向。」

馮舜笑笑說：「你老弟既然出馬了，相信一定會成功的。」

倆人又扯了一些閒話，馮舜才掛掉了電話。

馮舜的這次電話，讓傅華心生警惕，他感覺孫永似乎在有意加強對海川市局面的控制。孫永一開始並不是一個很強勢的市委書記，前段時間並沒有表現出什麼事都要抓在自己手裏的態勢，對曲煒還有一定的尊重，還能守住黨委和政府兩者之間的權力分野。

招商事務向來是在政府的許可權範圍之內的，上一次陳徹來的時候，孫永就沒讓馮舜來電話詢問自己關於陳徹的具體情況。現在，孫永開始插手招商事務，甚至對於自己這個處於招商第一線的小人物倍加關注，這說明孫永已經不甘心固守他原來的權力範圍，他要擴張自己的勢力。

這一邊已經磨刀霍霍，曲煒卻還沉湎在危險的情網之中不能自拔，這一場權力博弈，一開始曲煒就已經處於下風了。

第一桶金

高豐只是憑著敏銳的頭腦抓住了市場的商機，獲取了他的第一桶金。
既有的成功讓他以為自己無所不能，就有些開始脫離實際，
他會不會是又想從他旗下上市公司挪借資金過來，
在控制了海通客車之後，再將資金還回去呢？

晚宴上，曲煒和李濤一起出席，曲煒首先對高豐的到來表示了歡迎。

高豐對曲煒的盛情款待表示了感謝，他在曲煒面前談起了他對國內客車行業的看法以及他對投身客車行業的規劃，他說：

「國內的客車企業大多是單兵作戰，各自爲營，並沒有打通產行業的上下游。他的設想中就是想要建立包括客車車型設計、配件、生產、銷售在內的一條產業鏈，整合產業鏈的全部產能，讓他們發揮出最大的效應。」

曲煒和李濤聽得興致勃勃，高豐描繪的戰略前景，很符合海川市要把海通客車做大做強的願景，因此他們和高豐談得十分投機。

一旁的傅華心中卻大大的不以爲然，他感覺高豐過於理想化了，有點脫離實際。可能整合一條產業鏈會讓其中的企業發揮最大的效能，可是要整合一條這樣的生產線需要多少資金啊！

而百合集團雖然也算是國內有名的企業，但是集團旗下的企業的總產值全部加在一起，連五十億都不夠，究竟有多少實力已經擺在那裏了，傅華看不出高豐從哪裡拿出那麼多資金來做這件事情。所以要麼是高豐爲了騙取合作在這裏瞎吹噓，要麼是高豐被自己的業績沖昏了頭腦，以爲自己無所不能了。

高豐是技術出身。只是憑著敏銳的頭腦抓住了市場的商機，在中國市場經濟不規範的開始階段獲取了他們的第一桶金。既有的成功往往讓他們以為自己無所不能，就有些開始脫離實際。

而且賈昊曾經在自己面前提到過，這個高豐喜歡玩左手倒右手的遊戲，他會不會是又想從他旗下上市公司挪借資金過來，在控制了海通客車之後，再將資金還回去呢？這些問題困擾著傅華，他可不希望自己引來的是一大堆的麻煩。

沒有人察覺傅華的心境，曲煒、李濤和高豐相談甚歡，其樂融融。

第二天，在李濤和傅華的陪同下，高豐參觀了海通客車。高豐不時詢問跟隨在左右的海通汽車的技術人員和廠長辛傑，問一些生產方面的細節問題。其實說是生產汽車，實際上只是一條裝配生產線，核心部件完全都是引進國外的，發動機是德國一家著名汽車廠商的，裝配到海通客車自己生產的底盤上，再加上座椅外殼，就是一輛新鮮亮麗的海通客車。

中午，海通客車的廠長辛傑宴請了高豐，席間高豐表示說，他看到的海通客車比原來預想的要好很多，他願意跟海通客車展開合作談判，等他回去，就會派來相關的專家小組來進行實質性的接觸。

李濤和海通客車的高層十分高興，便分外多勸了高豐幾杯，高豐雖然沒十分過量，可也有些微醺，宴席過後，便回房間休息了。

李濤帶著傅華、辛傑回了市政府，他們還要就高豐的考察狀況跟曲煒彙報。曲煒聽取完三人的回報，鬆了一口氣，笑著說：「他們願意展開合作談判就好。」

曲煒感覺海通客車的問題應該解決了，如果百合集團能接下這個擔子，對他來說未嘗不是一種解脫。

李濤說：「我看高豐的態度對達成合作還是很期待的，相信只要我們稍稍做些適當的讓步，合作是很有可能的。」

傅華說：「小的讓步是可以的，不過關鍵部分我們必須堅持。」

曲煒看了看傅華，他一向很注重傅華的意見，便問道：「你對這個高豐有什麼看法？」

傅華說：「如果能達成合作，這個合作層級應該在十億以上，這可是一筆巨額的數字，我們不能有半點疏忽。我的感覺似乎百合集團實力尚不足以達到這個量級，要知道這個高豐是一個資本的大玩家，小心不要被他用空頭數字騙了。」

曲煒想了一想，點了點頭說：「傅華說得有道理，我們既要想辦法拯救海通客車，也要防範某些不良居心的人想要趁機撈取好處。李副市長、辛廠長，在下面的合作談判中你們一定要注意這一點，別偷雞不成反蝕把米。」

李濤和辛傑答應了一聲，曲煒又說：「行了，你們先出去吧，傅華留下。」

李濤和辛傑就離開了，曲煒看著傅華笑著說：「怎麼這次回來也沒帶小趙來啊？」

傅華笑笑說：「她倒想來，還讓我問您好呢，不過我這次是來工作，帶著她不好。」

曲煒說：「小趙真是有心了，其實你蠻可以帶她回來的。」

傅華說：「下次吧，這一次實在沒時間，我還急著回去買那塊地呢。」

曲煒問：「買地的事情，這一次沒問題了吧？」

傅華點了點頭：「趙婷的父親讓通匯集團的律師出面，應該沒問題了。」

曲煒說：「那就好。」

傅華抬頭看了看曲煒，說：「昨天我剛到海川大酒店住下，孫書記就打發馮舜來問了高豐的情況。」

曲煒說：「某些人有了根基，開始不甘心只掌控黨委方面的事務，要插手市裏面的經濟了。不過沒那麼容易，前段時間他想讓我把一項市政工程安排給一家建築公司，被我直接頂了回去，他很不高興。傅華啊，現在海川市這邊氛圍很微妙。」

傅華見曲煒也感受到了危機，便想再趁機勸他跟王妍斷了，於是說：「我也有這種感覺，曲市長，您可要提高警惕啊，尤其是王妍那件事情，那可是授人於柄的，我勸您還是了結了這段關係吧。」

曲煒苦笑了一下，說：「我也知道這種關係很危險，可是我跟王妍之間是有真感情的，放棄她，我的生活將會更加沒有趣味了，我做不到。」

傅華看了曲煒一眼，曲煒的態度也很堅決，他嘆了一口氣，沒再說什麼了。

倆人又聊了一會兒，傅華就告辭離開了。

回到海川大酒店，傅華看看已近傍晚，便打電話給高豐的助理，問高豐晚餐怎麼安排。高豐的助理說高豐還在休息，最好不要打攪他，晚餐他們會自己解決的。

傅華也樂得不陪高豐吃飯，就對高豐的助理說：「那好吧，你知道我手機號碼，高董醒了有什麼需要隨時跟我聯繫。」

助理答應了一聲，就收線了。

傅華就有點沒事可幹了，忽然想起來丁益前段時間已經離開北京回了海川，也不知道他們公司上市的事情進展如何了，便打了電話過去。

丁益接通了，笑著問：「傅哥，找我有什麼事？」

「我現在回海川了，你晚上有安排嗎？」

「公司倒是有一個應酬，傅哥有什麼事情嗎？」

「你有安排那就算了，我就是沒事，想找人一起吃飯。」

丁益笑笑說：「那好辦，公司的應酬我讓我爸安排別人去吧，晚上我們一起吃飯。」

傅華說：「這好嗎？」

丁益說：「沒事啦，就是一個普通的應酬，推了也就推了。」

傅華說：「好吧，你說去哪裡？」

丁益想了想說：「去海益酒店吧。」

傅華愣了一下，海益酒店的老闆娘是王妍，他心裏有些彆扭。

丁益見傅華沒反應，笑著說：「傅哥不知道海益酒店吧？這是最近才開不久的一個酒店，很不錯的，市裏面很多領導都喜歡這裏的。」

聽丁益這麼說，傅華也想去看看海益酒店究竟是個什麼狀況，便說：「好吧，我們就去海益酒店吧。」

丁益說：「那你等我，我馬上過去接你。」

過了十幾分鐘，丁益的車到了，接了傅華去海益酒店。

海益酒店是一家中型規模的酒店，裝修華麗，由於是開業不久的，看上去到處都很新。前臺服務員認識丁益，笑著說：「丁總帶客人來吃飯？要不要跟我們老闆娘說一聲？」

丁益笑笑說：「不用了，我和朋友就兩個人，你給我一個小點的雅間，讓廚師給我們做點精緻好吃的送進來。」

服務員說：「好的。」

就安排一個服務員過來領倆人去了一個小雅間，坐定之後，傅華笑著說：「丁益啊，你在這裏很受歡迎，是不是經常來啊？」

丁益笑笑說：「來過幾次，服務員認識我，是因爲這裏的老闆娘很會做生意，她讓服務員記住來酒店的客人身分，所以每次來他們都知道如何稱呼我。」

傅華心說這個王妍很會做生意，記住客人的姓名喜好，這是一些星級酒店招攬客人的手法。

「那這裏的老闆娘你也認識？」

「最初是我爸帶我來這裏吃飯的，她來敬過酒，因此就認識了。這個老闆娘是個人物，離婚了，就自己撐著場面，把飯店打理得很不錯，可以說客如雲集。」

傅華暗道你還不知道這個老闆娘跟曲煒的關係，如果你知道了，大概更會說她是個人物了。

這時服務員開始佈菜，倆人就開了一瓶白乾，吃了起來。

吃了一會兒，傅華問道：「你們公司上市的事情跑的怎麼樣了？」

丁益說：「一切順利，傅哥，說實在的，你是不是拿點錢來買點原始股啊？你應該清楚，要是一上市，股票肯定暴漲。」

傅華笑笑說：「我就算了吧，我對這種財富的興趣不大。」

丁益搖了搖頭說：「這又不是送你的，你拿錢出來買，賺錢也是應該的。你不知道，很多人想買都買不到的，市裏面不少領導都買了。難道你跟錢有仇嗎？」

傅華說：「不說這個了，我那個師兄的京劇搞得怎麼樣了？」

丁益笑笑說：「那個也很順利，已經把《秋聲》的京劇改編權買了過來，賈主任正在家裏用功的寫劇本呢。」

傅華搖搖頭說：「我這師兄也不知中了什麼邪了，非要弄什麼京劇。」

丁益說：「其實就是一個喜好，說不出什麼道理的，就像你喜歡收集古舊書籍一樣，難道那紙堆裏真有什麼大學問嗎？」

傅華笑了：「呵呵，也是，其實那些紙堆也不一定就有什麼學問，可我看見了就走不動，就像裏面有什麼寶貝似的。大概我那師兄跟我一樣，都被迷住了。」

丁益笑笑：「我覺得是一樣的。」

倆人吃喝閒談了一會兒，傅華起身去洗手間，一進去，就看到馮舜正在方便，愣了一下，隨即笑著說：「馮哥，真是人生何處不相逢啊。」

馮舜笑了：「呵呵，倒也是，你是陪高豐來的嗎？」

傅華說：「不是，高豐中午有點喝多了，晚上就沒出來。我跟丁江的兒子丁益在這裏小聚一下。馮哥在這裏請客？」

馮舜搖搖頭說：「省委宣傳部來了一位副部長，孫書記在這裏請客，我跟著來的。」

孫永竟然把招待省委宣傳部領導的宴會安排在曲煒情婦的酒店裏，這可夠詭異的，傅華驚訝地問道：「孫書記在這裏？」

馮舜笑了，說：「怎麼了，孫書記不能來這裏？」

傅華笑著掩飾說：「沒有啦，我只是沒想到而已。那我過一會兒可要過去敬杯酒了。」

馮舜點了點頭說：「應該的，你知道孫書記一直很賞識你，上次那件你被騙的事情，曲市長跟孫書記彙報的時候，孫書記對你也表示了支持。」

確實，從鄭老回鄉這件事情中，孫永得到了莫大的好處，他已經意識到有傅華這樣一個有能力的駐京辦主任，不僅對曲煒有利，對他也是有十分的好處的，因此也注重維護傅華的地位。

傅華笑笑說：「那我一會兒就過去敬酒，沒什麼不方便的吧？」

馮舜說：「就是一場例行的應酬，沒什麼不方便的。」

傅華心中也覺得自己問得多餘，如果涉及到秘密，孫永又如何會將宴會安排在曲煒情人的酒店裏呢，那豈不是等著暴露嗎？

傅華認定孫永肯定知道了王妍跟曲煒之間的關係，不然他不會將宴會安排在這個位置不算顯眼，檔次不算最高的海益酒店裏。孫永將宴會安排在這裏只有一個解釋，那就是他在知道了曲煒跟王妍之間的曖昧關係之後，想伺機找到曲煒什麼把柄。

傅華脊梁上感到一陣涼意，孫永這是別有用心啊，真夠陰險的。

馮舜不知道傅華的心中所想，他拍了拍傅華的肩膀，說：「我要趕緊回去了，不然孫書記會以爲我在躲酒呢。等一會兒你就過去吧，我們在聚賢廳。」

傅華點了點頭說：「那你趕緊回去吧。」

馮舜匆匆離開了，傅華方便後，回到雅間，丁益笑著問：「怎麼去了這麼久？」

傅華說：「遇到了孫書記的秘書馮舜了，聊了幾句。」

丁益說：「馮舜在這裏？難道孫書記也在？」

傅華笑著點了點頭：「是，孫書記在這裏宴請省委宣傳部的一位副部長。」

丁益說：「那你碰到了馮舜，一會兒要去敬酒吧？」

傅華點了點頭，說：「我馬上就去，你要不要一起？」

丁益笑笑說：「我就不必了。」

傅華去了聚賢廳，一進門就笑著說：「孫書記，我看到馮秘才知道您晚上在這裏宴客，所以過來敬杯酒。」

孫永站了起來，笑著說：「是小傅啊，快進來，我給你介紹，這位是省委宣傳部的戰副部長。戰副部長，這位是傅華，海川駐京辦的主任，我們的青年才俊，融宏集團知道吧，就是這位傅華同志給我們海川引進來的，這一次又把百合集團的高豐請了回來，是一個很有才能的幹部。」

孫永右手邊一位五十多歲的中年男子站了起來，笑著說：「我聽說過傅華同志的事蹟，想不到竟然這麼年輕，你好啊。」

傅華握住了戰副部長伸出來的手，笑著說：「您好，戰副部長，你別聽孫書記說的，他對我們這些手下的幹部向來是以鼓勵爲主，所以有些過譽了。」

戰副部長笑笑說：「想不到傅華同志還很謙虛啊。」

握手完畢，傅華看了看在座的其他人，見都是海川市委辦的，以前都很熟悉，便點點頭示意了一下。

孫永笑著說：「小傅啊，還有一位同志你大概也不認識，來我給你介紹，這位是海益酒店的老闆娘王妍，她知道我在這裏宴客，非要過來敬酒。」

傅華這才注意到王妍坐在副陪的左手邊，他事先沒想到，不由得愣怔了一下，旋即笑笑說：「孫書記，這你就有所不知了，這位王老闆我以前就認識，是吧，王老闆？」

傅華明白，孫永既然在北京駐京辦裏有眼線，說不定他早知道自己跟王妍見過，所以也就沒必要裝作不認識，索性大大方方地承認見過，反而顯得心底無私。

王妍笑著站了起來，說：「是啊，我跟傅主任才不久在北京見過的，想不到這麼快就又見面了。」

傅華心說這個女人應對合體，不愧是場面上的人物。另外，王妍一方面傍上了曲煒，另一方面卻積極地應酬孫永，她這是想要左右逢源呢，真是不簡單啊。傅華很討厭王妍這有些交際花似的作爲，曲煒也不知道中了這個女人什麼邪啦，竟然被迷得五迷三道了。

不過傅華表面上還是客氣說：「是啊，有時候世界還真是小啊。孫書記，你們喝的什麼酒，我給你們斟上。」

孫永笑笑說：「酒叫服務員來斟，你坐下，跟我說說高豐考察的情況。」

傅華就坐下來了，笑著說：「高豐去海通客車轉了一下，說比他預期的要好很多，所以願意跟我們展開合作談判。」

孫永笑說：「那不錯啊，曲市長這下子可以鬆一口氣了，海通客車的問題總算找到解決辦法了。小傅啊，你又立功了。」

雖然孫永不吝表揚之詞，傅華卻覺得很不舒服，他看不透孫永笑容背後究竟隱藏了什麼，便有些急於離開，於是笑笑說：「孫書記說立功有點早了，成與不成還很難說呢。」

這時服務員已經把酒斟滿了，傅華端起酒杯站了起來：「戰副部長、孫書記，來，我敬你們一杯，一來歡迎戰副部長來我們海川指導工作，二來祝在座的各位領導身體健康，工作順利。」

戰副部長首先跟傅華碰了碰杯，笑著說：「謝謝，謝謝。」

傅華又跟孫永和其他人一一碰杯，碰到王妍的時候，傅華看了王妍一眼，王妍若無其事地笑了笑：「謝謝傅主任了。」

碰完杯，傅華一飲而盡，然後笑著說：「我的酒敬完了，就不打攪各位了。戰副部長、孫書記，你們慢用。」

孫永笑笑說：「留下來一起吧？」

傅華笑著說：「我那邊還有朋友在等著我呢。」

孫永說：「好，你去吧。」

傅華離開聚賢廳，回到原來的雅座，丁益看他神色有點嚴肅，笑著問：「怎麼了，被孫書記批評了？」

傅華是在爲要不要告訴曲煒孫永出現在王妍的海益酒店裏，並且王妍積極應酬孫永這件事情犯難，他心裏覺得應該讓曲煒知道這個情況，可是他又擔心曲煒懷疑他挑唆曲煒跟王妍的關係，這種事牽涉到男女之情，是很纏夾不清的。

「沒有啦，孫書記還一再的表揚我呢。」傅華故作輕鬆地說。他已經決定不把今晚的事情告知曲煒，他不願意再糾纏在曲煒和王妍之間了，反正曲煒說過他自有分寸的，相信以曲煒的智慧，足以解決可能發生的問題的。

因爲孫永出現在這個酒店，傅華和丁益都不敢太過放肆，酒就喝得很謹慎，倆人匆匆吃了點東西，就結束了。

丁益看了看時間：「傅哥，還不到九點，我們找個地方玩玩吧？」

傅華搖了搖頭：「你知道我不好玩的，送我回去吧。」

回到酒店，傅華跟趙婷煲了一陣電話粥，便收拾收拾準備睡覺，這時手機響了，傅華看看是吳雯的電話號碼，接通了，笑著問道：「吳總，這麼晚打電話給我有何貴幹呢？」

吳雯笑笑說：「傅主任，你不夠意思吧？怎麼回海川連聲招呼也不打，你可是說過要來看看我們公司的。」

「這一次回來是工作上的事情，還沒騰出時間來，所以就沒跟你聯繫，你的公司搞好了嗎？」

「全靠余秘幫忙，已經弄好了，叫海雯置業，海是大海的海，雯就是我名字的雯，你覺得怎麼樣？」

「很好啊，聽起來很好聽。公司開始運作了嗎？」

「算是開始運作了吧，我看好了一個地塊，就在海濱大道的中段，背山望水，我找人看過，說那裏是一塊風水寶地。我想把它拿下來，開發成一個高檔的別墅區。」

傅華知道吳雯說的地方，海濱大道一邊靠海，另外一邊在中段的部分是一座不高的小山，確實像吳雯所說的背山望水，景色十分優美，有無邊海景可看，很適合開發成別墅區。

這塊風水寶地很多人都覬覦過，不過曲煒卻認爲雖然拿出來開發能換得一點經濟利益，可是如果這裏開發成住宅，就會打破海濱大道山水自然的和諧，破壞海濱大道的優美環境，所以一直不肯同意把這個地段拿出來開發。

這一點上傅華是很贊同曲煒的看法的，應該多保護這種優美的環境，不要讓那些銅臭污染，留幾分美好給後代子孫。

傅華說：「吳總，這塊地怕你是很難拿到，你還是另選別的地段吧。」

吳雯問道：「爲什麼？我目前就看好這個地塊了。」

傅華說：「關鍵是我們的市長認爲這裏最好不要去搞房地產開發，所以這塊地不會放出來競拍的。」

吳雯笑了：「這個問題很好解決，你原來不是做過他的秘書嗎？你幫我運作一下，也許你們市長就改了主意呢？」

「不行，你不瞭解我們曲煒市長，他堅持的事情不會輕易改變的。」

「不會輕易改變，那說明他還是有可能改變的。」

「我勸你還是放棄吧，海川沒開發的地段還有很多，你先找別的地方開發不行嗎？」

「我就看好這塊地段，好了，我自己爭取一下總可以吧？實在不行我就放棄。」

傅華嘆了口氣：「你不要太急進了，很多開發商都在看著這塊地段，如果真要拿出來開發，怕是也輪不到你。你聽我一句勸好不好，誰都想賺錢，可是有些錢不是你著急就能賺到手的。你還是放棄吧，畢竟這是做生意，不是賺快錢。」

吳雯有些不高興了：「傅主任，你說什麼啊，我只不過是想爭取一下而已，用得著說這麼多嗎？」

傅華知道自己說賺快錢說中了吳雯的痛處，苦笑了一下：「可能我有點口不擇言了，不過我說的這些還希望你認真考慮一下，我並沒有什麼惡意的。」

吳雯說：「好了，我知道了。那就這樣吧。」說完扣了電話。

傅華尷尬地收起了手機，吳雯畢竟幫過他很大的忙，他並不想鬧得這麼不愉快的。

同一時間，在海川另外一個地方，也有人感到十分的彆扭。

曲煒在忙碌了一天之後，讓司機把自己送到了王妍住的社區，他有王妍家的鑰匙，打開門，裏面卻是冷冷清清，王妍還沒有回來。

曲煒開了電視，斜倚在沙發上等著王妍回來，在將要睡過去的的時候，聽到了用鑰匙開門的聲音，王妍回來了。

王妍將鑰匙扔在了茶几上，呵呵笑著坐到了曲煒身邊，問道：「你來很久了？」

一陣酒臭傳來，曲煒厭惡地皺了皺眉頭，雖然他也經常應酬，可是對自己的女人渾身酒氣還是十分反感，便說道：「你怎麼喝成這個樣子？還像不像個女人樣？」

王妍陪笑著說：「晚上孫永書記在酒店宴請省委宣傳部的戰副部長，我去敬酒，他非要留我在那裏，就多喝了幾杯。我這也是為了生意，你別生氣了。」

曲煒愣了一下，問道：「孫永去你那裏請客？」

通常市委書記和市長都不喜歡出現在對方常出沒的酒店裏，這就是所謂的王不見王，也是為了避免相互之間見面的尷尬。因此曲煒聽到孫永出現在海益酒店便有些詫異。

王妍說：「對呀，怎麼了？」

曲煒說：「他沒說什麼吧？」

王妍看了曲煒一眼：「說什麼？哦，我明白了，你是說他會不會知道我們之間的關係了？你別多心，我認識孫永，是因為前段時間有人在我酒店請孫永，當時因為是市委書記來了，我過去表示一下歡迎，就敬了幾杯酒，孫永對我印象很好，就陸續把應酬都安排在我酒店。」

曲煒懷疑地說道：「就這麼簡單？」

王妍瞪了曲煒一眼：「你想要多複雜？難道你懷疑我跟孫永之間有什麼嗎？」

曲煒說：「我不是那個意思，我只是懷疑孫永去你那裏別有用心。你能肯定他真的不知道我跟你的關係？」

王妍急了：「你在怕什麼啊？就算他知道又能怎麼樣？難道他還能去告你不成？」

曲煒乾笑了一下，他這段時間已經領教到孫永的陰險，對孫永已經開始心存忌憚，他掩飾地說道：「讓他知道了總是不好，那個人並非善類，知道了一定會在背後興風作浪的。」

王妍說：「你要是怕他做你的文章，那就趕快跟你老婆離婚，跟我結婚，那他就不是說不出什麼來了嗎？」

曲煒苦笑著說：「你又來了，我告訴過你現在這個時機不合適。」

王妍說：「我就不明白了，現在又不是以前那種離婚是件天大的事的時期，你就是跟你老婆離婚，上面又不能拿你怎樣。」

「你懂什麼，現在考核提拔幹部，婚姻仍然是一個很重要的因素，我如果不想再求發展，那離婚就離婚無所謂。我現在這個年紀還可以往上走的，你這時候讓我放棄，等於讓我前半生的努力都付諸流水了，我怎麼會甘心。」

「那你讓我等你到什麼時候？我可告訴你，我姐姐今天跟我聊天的時候說過，說我離婚已經這麼長時間了，應該早點再找個人的。她說女人的青春是很容易流逝的，等到人老珠黃就沒人肯要我了。」

曲煒陪笑著說：「不是還有我嗎？」

「我可不想跟著你一輩子都見不得光。」

「你再給我一段時間，我保證一定給你個交代。」

王妍嘆了一口氣，點了曲煒腦門兒一下：「冤家啊，我也不知道是不是上輩子欠你的。」

曲煒笑了，說：「你就是上輩子欠了我的，好了，已經很晚了，我們休息吧。」

曲煒擁著王妍進了臥室，不免又是一番顛鸞倒鳳……

酣戰過後，曲煒很快就沉沉地睡去，王妍卻在酒精的刺激下一時難以入眠，她注視著睡夢中曲煒的面龐，睡著了的曲煒，臉上的線條變得柔和了起來，沒有了白天那種揮斥方遒的霸氣。她當初就是被曲煒身上那種霸氣吸引住的。男人嘛，還是需要有一點霸氣的，霸氣讓女人感到安全，感到被呵護。

王妍伸出手，輕輕撫摸著曲煒的鬢角，她是深愛著這個男人的，可惜的是這個男人還有一個一時難以擺脫的家室，還不能完全屬於自己。

不過，這個男人屬於自己的日子應該不遠了，王妍輕輕撫摸著自己的小腹，心說一旦他知道我有了他的骨血，那時他肯定會離開老婆，跟自己結婚的。

王妍笑了，撫摸著小腹，甜蜜地進入了夢鄉。

不歡而散

今天發生的事情實在讓傅華鬱悶，
不但在鄭莉面前沒了面子，還跟趙婷鬧得不歡而散。
這個趙婷也真是任性，不知道鄭莉什麼地方得罪了她，竟然搞這麼一齣。
也不知道她現在怎麼樣了？是不是還在家裏生氣呢？

第二天一早，傅華敲了高豐的房門，高豐給傅華開了門，笑著說：「你們海川這兒真能勸酒，他們事先跟我說過東海省這邊酒風很盛，心裏已經有所準備的，沒想到還是被灌多了。」

傅華笑笑說：「我覺得高董昨天沒多喝吧。」

高豐笑笑說：「喝多了，睡了一下午連一晚上。」

傅華笑笑說：「我們這裏是這樣的，上了酒桌除非你不抬杯，否則就非要你喝好不可，可能有點過於熱情了。」

高豐說：「沒什麼啦，我喜歡這種直爽的性格。」

助理這時敲門進來：「問高豐早餐怎麼安排？」

高豐看了一眼傅華，笑著問：「陪我吃頓早餐如何？」

傅華點了點頭：「好的。」

高豐就讓助理安排房間服務，他要和傅華在房間裏吃早餐。助理出去安排了，高豐把傅華讓到沙發那兒坐下，笑著說：「我跟老潘聊過你，原來你是張凡教授的弟子啊。」

看來不但自己在摸高豐的底，高豐也在背後查了自己的底，真是有意思。

傅華笑笑說：「我這個弟子有點不成器，有點對不起張教授的教誨。」

高豐笑說：「謙虛了，我對張教授很敬仰，他的弟子不會差的，你的師兄賈昊主任就是一個很好的例子。」

「我跟賈師兄可是沒辦法相比。哎，高董既然提起了我師兄，我倒想起來了，您上次的難題解決了嗎？」

高豐看了傅華一眼，問道：「什麼難題啊？上次你師兄跟你說過什麼來嗎？」

傅華笑笑說：「師兄沒有詳細說，只是說高董遇到了一些困難，不太好解決。」

高豐說：「沒那麼嚴重，只是程序上有點小麻煩，已經解決了。噢，既然你是張帆教授的弟子，應該學有所專，跟我談談你對我這個打通上下游，構建一條產業鏈設想的看法。」

傅華笑笑說：「高董您的設想不會差的，我就不班門弄斧了。」

高豐說：「先別謙虛，說來我是學技術出身的，對經濟是門外漢，你學的就是經濟，應該比我專業。」

傅華笑了，說：「我那是書本上的知識，哪有高董您實踐得來的經驗實用。您雖說對經濟是外行，可您掌管著百合集團這麼大的企業，我雖然是學經濟的，可是我也不過是一個小小的駐京辦主任，跟您沒什麼可比性的。」

「這是人的際遇不同，與專業無關。好了，說說看嘛，我很想聽聽你的意見。」

「我個人覺得高董您的設想是很好的，似乎可以通吃整個產業鏈的利潤。」

「通常你這種說話方式都是整體很好，後面就跟著一個不過，趕緊說說，這個設想有什麼不好的地方？」

傅華笑了，說：「我只是覺得高董的設想過於激進了一點，一下子就把戰線拉得很長，要做好整條產業鏈需要多大的人力物力投入啊，這個高董考慮過嗎？我覺得高董應該盡全力做好產業鏈上的一個節點，做好了一個節點，再旁及其他。」

高豐搖搖頭說：「年輕人，你不懂，我之所以要進軍客車行業，是因爲看不慣西方經濟強國在技術上的壟斷。說來大家都是人，憑什麼他們能做到，我們就做不到，我就是想要他們看看我們中國人也能造出優質客車來。你要知道，這是一個信念的問題。」

傅華看了高豐一眼，他明白高豐的心境，這些人自小就被以民族存亡來教育，每個人似乎都有想拯救國家的強國情結。傅華也不反對這個情結，每個人都應該有自己的信念，可是信念是要扎扎實實一步一個腳印去做的，要量力而行，而不是盲目求成。

傅華說：「高董，有句話，可能說出來您不願意聽。」

「我們就是隨便聊聊，說吧，我還有聽不同意見的器量。」

「您有您的強國情結，想要爲我們的國家，爲我們的民族做點事情，這個沒有錯，我很讚賞。但是您別忘了，您是一個企業家，您在這社會上的立足根本是您企業的生

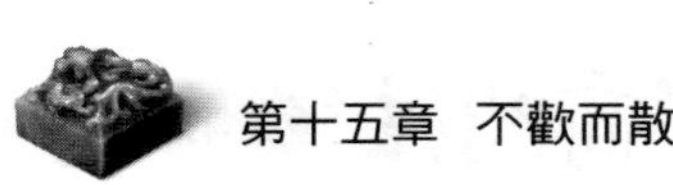

存，這一點是應該首先予以保證的。」

高豐笑笑說：「我明白你的意思，不過，我還是覺得做企業不能目光短淺，只看眼前利益，要看大局，要有全局觀。」

傅華無意跟高豐再爭執下去，看來高豐已經形成了他的一套固定的思維模式，他雖然並不反感你提出反對意見，可是他並不能接受你的反對意見。正好服務員送來了早餐，傅華笑笑說：「可能是我眼光過於短淺了，好了高董，我們吃飯吧。」

高豐說：「吃飯，吃飯。」

倆人就不再談論，開始吃早餐。

早餐後，海通客車的辛廠長帶著相關的資料來到了酒店，高豐收下了相關資料，說要回去交給公司的相關人員詳細研究。

由於下午高豐預定行程是要飛江蘇無錫，中午李濤來陪他吃了午飯，給他餞行。

席間，李濤說：「高董這次的行程安排的實在太緊湊了，曲煒市長由於日程安排方面分不開身，就無法親自來給高董送行了，讓自己代爲表達歉意，並希望儘快看到高董派來的工作小組蒞臨海川，展開合作談判。」

高豐笑著說：「曲煒市長真是太客氣了，我這次也是事情都趕到了一起，沒時間跟曲市長多聚聚，實在抱歉。李副市長也替我帶句話，讓曲煒市長放心，不但我的工作小組很快會來，我也很快就會重返海川的。」

李濤笑著說：「那我們就恭候了。」

賓主盡歡而散，下午兩點，在李濤和傅華的歡送下，高豐登上了去無錫的飛機，傅華這次陪同任務算是結束了。

第二天上午，傅華飛回了北京，和林東簡單聊了一下駐京辦這幾天的工作情況，土地使用證還在辦理過程中，一切都有條不紊地進行著。

倆人正在談著話，趙婷來了，她是算計著傅華飛機的時間趕到駐京辦的。林東笑著跟趙婷打了招呼，他已經知道趙婷跟傅華之間的關係，自然不想再待下去做電燈泡，便知趣地出去了。

見林東離開，趙婷便不再矜持，走到傅華身邊，輕輕地扭了傅華胳膊一下，說：「下次再要去海川，不准不帶著我去了。」

倆人正在熱戀當中，小別三四天，在趙婷的感受上竟然十分的漫長，思念之餘，不免心中埋怨傅華不肯讓自己跟他去海川。

傅華這幾日也很想趙婷，對她的心情感同身受，便陪笑著說：「好了，趙老師，學生知錯了。」

趙婷手上加了一把勁，又扭了傅華一下：「你還來打趣我。」

雖然胳膊小疼了一下，可這種小兒女之情的曼妙讓傅華心裏甜蜜不已，也顧不得還在辦公室，忍不住就把趙婷攬進懷裏，吻住了她的櫻唇……

倆人膩在一起不知道過了多久，響起了敲門聲，傅華和趙婷趕緊分開坐好，傅華說：「進來」。

門被推開了，劉芳探頭進來：「傅主任，我想問一下，你中午要不要在辦事處吃飯。」

傅華看了一眼趙婷，趙婷說：「我來是給你接風的，出去吃吧。」

傅華便對劉芳說：「劉姐，我要出去吃，你要不要一起？」

劉芳笑了：「我就不打攪你們小倆口了。」

趙婷臉紅了，說：「劉姐瞎說什麼呢，誰跟他是小倆口。」

劉芳笑得越發開心：「誰跟你是小倆口誰知道。」說完轉身就離開了。

傅華看著臉紅的趙婷，笑著說：「你不跟我是小倆口，那你跟誰是小倆口？」

趙婷捶著傅華說：「去你的吧，又拿我來尋開心。」

傅華捉住了趙婷的拳頭，笑著說：「好啦，好啦，別鬧啦。說吧，去哪裡吃飯？」

趙婷說：「你喜歡吃什麼？」

傅華笑笑說：「也沒什麼特別喜歡的，隨便吃點就好。」

趙婷說：「那你找地方吧。對了，你下午有時間嗎？」

傅華說：「辦事處裏倒沒什麼事情要辦，你有什麼事情嗎？」

趙婷拉著傅華的胳膊，看著傅華的眼睛，笑著說：「陪我去逛街好不好，我想買幾件衣服。」

傅華並不十分喜歡陪女人逛街，可是看到趙婷眼中央求的表情，便不忍心拒絕，笑著說：「好吧，我陪你去就是了。」

倆人就離開了駐京辦，找了一家牛排館，每人叫了一客肋眼牛排吃，牛排香氣馥郁，鮮嫩多汁，很適合在這初冬的季節食用。

吃完飯後，趙婷就拖著傅華開始逛街。

踩著高跟鞋的趙婷一家家的服裝店走下來，走到每一家都是興致勃勃，對每家的衣服都很感興趣，從頭到尾看了個遍，可是很少有真正入眼的。

又走到了一家叫做「莉」的女裝店，拎著幾袋衣服的傅華的腳已經很酸了，他笑著對趙婷說：「逛了這麼多家，你多多少少也買了一些了，還要進去嗎？」

趙婷笑了：「當然要進去了，這一家的衣服很有特色，我常在這裏看到適合我穿的。」

傅華笑笑說：「前面哪一家你不覺得有特色？你就是找理由進去對吧？」

趙婷呵呵笑了：「你答應陪我的，不准半路停下來。」

傅華苦笑著點了點頭：「我現在怎麼有上了賊船的感覺。」

「好了，好了，別抱怨了。」說著，趙婷拖著傅華進了店裏。

店裏的售貨小姐笑著說：「歡迎光臨，請問有什麼可以爲您服務的？」

傅華笑笑，他看到了店門旁邊有兩張沙發圍著一個小茶几，便指著趙婷說：「你們服務好這位美女就好了，我先休息一下。」

趙婷笑了：「你累了休息一會兒也好。」

傅華就去沙發那裏坐下，趙婷自己往裏面走看衣服去了。

傅華坐在那裏有些無聊，邊翻看茶几上的服裝雜誌。

過了一會兒，店門再次打開，門口的售貨小姐說：「鄭總來了。」傅華低著頭看雜誌，並沒有十分注意，只是感覺有一個女人走了進來。

女人往店裏走，經過傅華身邊的時候，忽然停了下來：「誒，傅華，你怎麼來了？」

傅華聞聲抬起頭來，愣了一下，旋即笑了：「是鄭莉啊，這麼巧，你也來買衣服啊？」

鄭莉笑了，坐到了另一個沙發上：「什麼這麼巧，這個店是我開的服飾公司的旗艦店，『莉』這個品牌是我創立的。我今天就是來看看銷售情況的。」

聽說這店是鄭莉開的，傅華抬起頭來仔細看地了一下店內的佈置，這間店的裝修風格十分簡約，凸顯出模特身上的衣服秀麗和高雅，便笑著說：「是你開的店啊，果然很有特色。」

鄭莉笑了：「別裝了，我知道你們這些男人根本不在意這些。你進來大概連看都沒看裏面就坐在這裏了吧？」

傅華笑笑說：「被你說中了，這是女裝店，我也沒什麼好看的。」

鄭莉笑了：「對了，你到女裝店來幹什麼？陪你女朋友來買衣服？」

傅華正要說是，趙婷在裏面選好了一件衣服，穿著走過來，在傅華面前轉了一個圈，笑著問道：「傅華，你看我穿這件衣服怎麼樣？」

鄭莉臉上的笑容僵住了，她是很喜歡傅華的，雖然她可以開玩笑說傅華是陪女朋友來買衣服，但是當這個女朋友真的出現在面前，她心裏便有些酸楚，一時無法接受。

傅華站了起來，笑著說：「趙婷，你先別管衣服了，我介紹你認識我的一個朋友。這位是鄭莉，是這家店的老闆。」

鄭莉也站了起來，她畢竟是大家閨秀，很快就調適好了自己的心理狀態，笑著說：

「你好。」

趙婷警覺地看了一眼鄭莉，轉頭問傅華：「你的朋友是這家店的老闆？好像進來之前你並不知道吧？你們什麼時候認識的？」

傅華笑著說：「你哪裡來的這麼多問題啊，先別說這些了，人家鄭莉跟你打招呼呢。」

鄭莉笑笑說：「我沒跟傅華說過這家店，他不知道。唉，你穿的這套衣服很襯你啊，挺漂亮的。」

趙婷又看了傅華一眼，她從傅華的表情上沒看出什麼來，這才對鄭莉說：「哦，很高興認識你，我叫趙婷，是傅華的女朋友。我穿著真的漂亮嗎？」

趙婷故意強調了一下自己是傅華的女朋友，鄭莉的臉又僵了一下，不過旋即笑著跟趙婷握了握手：「確實很漂亮。傅華這傢伙真是很不夠意思，認識了這麼漂亮的女朋友也不領出來讓我們見見。」

鄭莉語氣中透露出她跟傅華很親密，有了女朋友似乎還需要她過目，這讓趙婷不由得心裏彆扭了一下，瞪了傅華一眼，隨即對鄭莉笑著說：「我不知道傅華還有鄭姐這樣能幹漂亮的朋友，要不然早叫他領我來認識一下了。」

傅華目光都在鄭莉身上，並沒有注意趙婷的表情，因此就沒有感受出兩個女人各自的心機，笑著對鄭莉說：「我沒跟趙婷提過你，也不知道你在這裏有開店。」

鄭莉笑著說：「現在知道也不晚，你們倆隨便選，選好了我給你們優惠。」

傅華說：「你太客氣了，謝謝。」

趙婷看傅華注意力都在鄭莉身上，不免有些氣急，說：「不用了，我仔細看了一下，覺得這裏的衣服也不是很適合我。」

傅華愣了一下，笑著對趙婷說：「怎麼突然變了，你剛才不是還說常在這裏看到適合你穿的衣服嗎？」

趙婷被傅華揭穿了底牌，感覺傅華似乎在說她小心眼一樣，越發火大：「我現在又覺得不合適了，不行嗎？」

傅華沒想到趙婷會突然發火，不由得愣住了，他覺得趙婷有點莫名其妙，同時又覺得趙婷在鄭莉面前這麼鬧有些不好意思，一時無法措辭，只好尷尬地笑了笑。

趙婷沒理會傅華的尷尬，她想馬上離開這裏，便轉身換衣服去了。

傅華苦笑著對看著他的鄭莉說：「你別介意，我這女朋友有點情緒化。」

鄭莉還沒來得及說什麼，趙婷已經火速地換完了衣服，二話沒說，拖著傅華就往外走。

傅華此時感覺在鄭莉面前失了面子，自己一個大男人被女人拖著走像什麼樣子，便一把拽住了趙婷：「趙婷，你別鬧了好嗎？」

趙婷瞪著眼睛看著傅華：「你不想走是嗎？」

傅華不忍心讓趙婷下不來台，便緩和說：「我走也要跟人家打聲招呼啊。」見傅華這個時候還要顧著鄭莉，趙婷一把甩掉了傅華的手：「好！傅華，那你慢慢打吧。」轉身頭也不回地離開了。

傅華苦笑著攤了攤手，對站在那裏帶著笑意看著自己的鄭莉說：「不好意思，趙婷就是這個急脾氣。」

鄭莉別有意味地看了傅華一眼：「你什麼時間交了這麼個女朋友？」

傅華說：「說來話長，我要趕緊去追她，以後再跟你細談吧。」

鄭莉說：「趕緊去吧，去晚了她可能真的生氣了。」

傅華趕緊拎起衣服追了出去，留下身後的鄭莉有些發呆地看著他離去的背影。

出了店門，見趙婷已經搭計程車離開了，傅華趕緊去取了車，直奔趙婷家。

到了趙婷家，傅華按動門鈴，讓趙婷給自己開門，保姆出來應門，對傅華說趙婷不讓開門，說讓傅華回去跟那個鄭莉繼續卿卿我我去。

傅華一路上壓抑著火氣實在壓不住了：「趙婷，你別無理取鬧好不好？」

趙婷在裏面聽到了，也叫道：「誰無理取鬧了，看你對鄭莉那個情意綿綿的樣子，哇塞，好像她才是你女朋友似的。」

傅華說：「趙婷，你誤會了，鄭莉跟我只是普通朋友而已。好了，別生氣了，你開門我跟你解釋。」

趙婷叫道：「我就不開，我才不聽你的胡說呢。」

傅華見央求了半天，趙婷還是在無理取鬧，他哪裡受過這個，便說：「好，你不開是吧，我還不進去了，衣服我給你放門口了，我走了。」

趙婷急了：「喂，傅華，你敢走試試。」

傅華冷笑了一聲：「我不跟你胡鬧了，等你冷靜下來再說吧。」說完，傅華放下衣服，轉身就離開了。

趙婷急叫了幾聲傅華的名字，卻無人再應聲，不由得氣急敗壞地將身邊的東西摔到了地上，轉身回房間去了。

晚上，趙凱回家吃飯，見桌上沒有趙婷，笑著問：「趙婷是不是去找傅華沒回來？」

趙婷的媽媽說：「不是，小婷下午跟傅華大吵了一架，躲在房間裏哭呢，叫她出來吃飯她也不出來。」

趙凱心疼女兒：「爲什麼吵架啊？她跟傅華不是很好嗎？」

趙婷的媽媽搖了搖頭說：「我也不知道，小婷不肯說，只是看傅華追來送了些買的衣服，似乎倆人逛街當中因爲什麼事吵翻了。女兒向來跟你比較親，你去她房裏看看她，問問情況吧。」

趙凱就去到了趙婷房間門口，敲了敲門，說：「小婷，是爸爸，我要進來看你了。」

門內並沒有什麼聲音，趙凱就推開了門，趙婷擦著眼睛坐了起來。趙凱看到趙婷眼睛已經哭腫了，心疼地坐到了她身邊：「小婷啊，你這是爲什麼呀？」

趙婷委屈地帶著哭腔說：「爸，傅華他欺負我。」

趙凱十分詫異，從他瞭解的情況來看，傅華是個不會在個人問題上做什麼出格事情的人，傅華究竟做什麼了才會惹得趙婷如此傷心。

趙凱輕拍了一下趙婷的後背，笑著問：「跟爸爸說說，傅華怎麼欺負你了。」

趙婷就抽泣著講了下午發生的事情，最後說：「爸，我要你想個辦法教訓一下傅華，他憑什麼這麼來欺負我。」

趙凱鬆了一口氣，從頭到尾他並沒有聽出傅華做錯了什麼，他有些放心了，看來趙婷和傅華不過是鬧了一點小兒女的意氣而已，便笑著說：

「好，爸爸幫你教訓他，回頭就去找人揍他一頓。」

趙婷愣了一下，她雖然氣傅華，可是她還是愛傅華的，並不想傅華受什麼傷害：「你打他幹什麼，打壞了怎麼辦？」

趙凱笑了：「不能打他是吧，好吧，回頭我告訴他，我們通匯集團不準備和他合作了，我要將一千六百萬抽回來。」

趙婷急了：「爸，你這樣怎麼行，都說好的事情，你抽回來豈不是言而無信嗎？」

趙凱說：「你不是要我幫你教訓他嗎？我把資金抽回來不就是給他個教訓嗎？」

趙婷看了趙凱一眼，看到了趙凱臉上的笑意，便明白了趙凱是在跟她開玩笑，有些惱怒地說：「爸，你女兒被人欺負成這個樣子，你還有心情來開我的玩笑。」

趙凱笑了：「那你說，要我怎麼辦？」

趙婷說：「我看傅華是很尊重你的，你把他找來說說他呀，讓他對我好一點嘛。」

趙凱看了趙婷一眼：「別的都行，就這個爸爸不能答應你。」

趙婷詫異地看著趙凱：「爲什麼啊？說說他又不費什麼事，怎麼就不行呢？」

趙凱說：「傅華尊重我，是因爲我很講道理。」

趙婷急了：「爸，你這麼說就是在說我不講道理了？」

趙凱點了點頭：「是的，我不明白，爲什麼傅華接觸一下別的女人你就會急成這個樣子，我女兒什麼時候這麼不自信了？你要知道，如果你想找一個不跟別的女人接觸的男人怕是不可能的。」

趙婷說：「爸，你不明白的，傅華接觸別的女人我都不急，唯獨這個鄭莉不行。你知道傅華輕易不會對女人假以顏色的，可他對這個鄭莉不同，在那個店裏，他的眼神就沒離開過鄭莉，在他們面前，我反而成了陪襯的了。」

趙凱愣了一下：「你是說他們兩個互相欣賞？」

趙婷說：「是的，他們確實是互相欣賞，尤其是那個鄭莉又比你女兒能幹，你說我能不擔心嗎？」

趙凱笑了：「互相欣賞不一定會成爲一對的。」

趙婷說：「反正我受不了他們在我面前那個樣子。」

趙凱搖了搖頭：「其實你是白擔心了，而且你今天這麼做，可能反而把傅華推到了鄭莉那一邊。」

趙婷看著趙凱，疑惑地問道：「爸爸，你怎麼這麼說？」

趙凱說：「你應該比我更知道傅華的個性。」

趙婷說：「他那個臭脾氣我還不知道，寧折不彎的。」

趙凱說：「這只是一方面，還有一方面，傅華身上很有以前讀書人那種講道義的氣質。你要知道他喜歡你，是因爲在楊軍騙他那件事情中，你豁出一切要去幫他，他接受你的感情有一部分原因是因爲他在感恩，他感覺在道義上需要對你承擔一份責任。我相信只要你不做太令他反感的事情，這份責任他會一直承擔下去的，不會因爲他欣賞那個鄭莉而有所改變。」

趙婷看著趙凱：「爸，我並不想傅華因爲感恩而接受我的，我是希望他愛上我。」

趙凱笑了：「要愛上一個人因素有很多，感恩是打動人心扉的一個很重要的因素，多少人都是因爲其中一方感恩走在一起的。而且，我看傅華已經真正接受你了，你又何必在意當初是什麼讓你們走到一起的呢？」

趙婷看了看趙凱：「爸，你覺得傅華愛上我了嗎？那他怎麼還這麼對我？」

趙凱說：「今天這種狀況完全是你在無理取鬧，如果換在我當年的脾氣，可能根本都不會追過來。傅華還肯追上門來跟你解釋，說明他還是在乎你的。」

趙婷低下了頭：「這麼說我確實做得過火了一點。」說著，便摸出了手機按了幾個號碼，隨即又氣惱地將手機丟在了床上。

趙凱笑了：「你想打電話給傅華？」

趙婷低聲說：「我想跟他認個錯，可是又不知道該說什麼。你知道傅華那個臭脾氣，如果真要跟我認起真來，怕是他好多天都不會理我的。」

趙凱說：「想認錯又抹不下面子來是吧？呵呵，好啦，你出去好好吃飯，這件事情爸爸給你來處理，保準回頭傅華會打電話給你的。」

趙婷緊張地看了一下趙凱：「你可不要說他啊，這件事情終究是我不對，你說他他說不定會恨我的。」

趙凱笑笑：「這個時候你又來疼他了，好啦，爸爸有分寸的，出去吃飯吧。」

趙婷這才跟著趙凱走出了房間，洗了幾把臉之後，坐到飯桌上跟家人一起吃飯了。

傅華在辦事處已經吃完了晚飯，羅雨、劉芳等人看他的臉色不好，不敢來搭訕他，他就悶悶地回到了小屋仰躺在床上。

今天發生的事情實在讓傅華鬱悶，不但在鄭莉面前沒了面子，還跟趙婷鬧得不歡而散。這個趙婷也真是任性，不知道鄭莉什麼地方得罪了她，竟然搞這麼一齣。也不知道她現在怎麼樣了？是不是還在家裏生氣呢？

傅華雖然氣趙婷不講道理，可是還是心疼她，不想她爲此氣壞了身體，估計她現在應該冷靜了一點了，便拿出了手機，想要撥通趙婷的電話。

手機卻在這時響了起來，傅華看看是鄭莉的號碼，便接通了：「不好意思，今天趙婷在你面前鬧那麼一齣。」

鄭莉笑了笑：「別說，你的女朋友醋勁確實挺大的，好啦，你也不用跟我說不好意思了，我沒那麼小心眼兒。」

傅華笑笑說：「趙婷以前從來沒這個樣子過，今天也不知道怎麼了。其實她是一個大咧咧的北京女孩，很好相處的。」

鄭莉心中暗自一凜，暗道：趙婷是不是真的感覺到了什麼？難道自己太著痕跡，讓她看出自己喜歡傅華了？這個女人的第六感是不是太敏銳了？

鄭莉裝糊塗：「我也不知道是怎麼惹到了她。唉，你們和好了嗎？」

傅華苦笑了一下，說：「還沒有，我追到她家，她不肯見我了。」

鄭莉說：「你是怎麼認識趙婷的，記得你跟我爺爺回海川的時候，還說自己沒女朋友呢，怎麼突然殺出這麼一個趙婷來？」

傅華笑笑說：「其實那之前我就認識趙婷了，可是我們當時並沒有往這方面發展。」

傅華就講了自己跟趙婷之間的來龍去脈，鄭莉聽完，哦了一聲便不言語了，心中半是懊悔，半是酸楚。懊悔的是明明自己和傅華在回北京的當時，互相之間是心存好感的，可是因爲一時矜持，沒有挑破這層窗戶紙，把機會讓給了趙婷。酸楚的是，從趙婷爲傅華所做的事情來看，趙婷是深愛傅華的，而且因爲趙婷不惜一切代價地要拯救傅華，倆人之間已經建立起了深厚的感情，自己更是沒有機會跟傅華發展什麼了。

傅華見鄭莉半天沒言語，就問道：「你怎麼不說話了？」

鄭莉心中苦澀，乾笑了一下說：「沒想到你這傢伙是這麼被動的人，喜歡被女人追。」

傅華笑笑說：「我也沒想到事情會這麼發展，其實一開始我只當趙婷是一個愛鬧、愛玩的小妹妹，沒想當她做戀人的。可是她為我做了那麼多，讓我很感動，不由得重新開始審視我們這段關係，這才發現趙婷身上也有很多吸引我的地方。」

鄭莉說：「既然趙婷有這麼多好處，那你還不趕緊哄她回來？」

傅華說：「還是等一下吧，等那丫頭冷靜一點兒再說吧。」

傅華不想給鄭莉留下一個在趙婷面前低三下四的印象，本來他已經要撥電話給趙婷了，現在變成要等趙婷冷靜一下再說了。

傅華稱呼趙婷那丫頭，透出了一份親密，讓鄭莉越發感覺無味，便想中斷這次談話：「你還是早點哄她回來吧，好啦，我要掛了。」

傅華說：「別急著掛啊，我還沒問你鄭老現在身體怎麼樣呢，我這段時間比較忙，一直沒去看他老人家。」

鄭莉不滿地說：「你還記得我爺爺啊，我以為你把我們都給忘記了呢？」

傅華笑笑說：「鄭老對我那麼好我怎麼會忘記呢？我只是沒時間去看他老人家。」

鄭莉心說你就會說好聽的，你如果有時間多往我爺爺那兒跑跑，說不定現在你的女朋友是我呢。

鄭莉心中怨憤，便冷笑了一聲：「你成天忙著跟女朋友逛街，當然沒時間了。好啦，我掛了。」說完沒等傅華有所反應，就掛了電話。

請續看《官商鬥法》三　政治盟友

官商鬥法 二 第一桶金

作者：姜遠方
發行人：陳曉林
出版所：風雲時代出版股份有限公司
地址：105台北市民生東路五段178號7樓之3
風雲書網：http://www.eastbooks.com.tw
官方部落格：http://eastbooks.pixnet.net/blog
Facebook：http://www.facebook.com/h7560949
信箱：h7560949@ms15.hinet.net
郵撥帳號：12043291
服務專線：(02)27560949
傳真專線：(02)27653799
執行主編：朱墨菲
美術編輯：風雲時代編輯小組

法律顧問：永然法律事務所 李永然律師
北辰著作權事務所 蕭雄淋律師

版權授權：蔡雷平
初版日期：2015年5月
初版二刷：2015年5月20日
ISBN：978-986-352-146-4

總 經 銷：成信文化事業股份有限公司
地　　址：新北市新店區中正路四維巷二弄2號4樓
電　　話：(02)2219-2080

行政院新聞局局版台業字第3595號 營利事業統一編號22759935

定價：280元　特惠價：199元

國家圖書館出版品預行編目資料

官商鬥法／姜遠方 著. -- 初版. -- 臺北市：
風雲時代，2015.01 -- 冊；公分

ISBN 978-986-352-146-4（第2冊；平裝）

857.7　　103027825